Helmar Neubacher

ICH HABE VIEL
ZU LANGE
GESCHWIEGEN

Sozialdemokratie am Abgrund!
Deutschland am Abgrund?

Satire?   Satire   Satire!

Helmar Neubacher, geboren am 06.04.1940, in Sakuten, Kreis Memel, damals Deutschland

Studiendirektor i.R. und Ing. (grad.) für Schiffsbetriebstechnik – Patent CI

Befahren der Weltmeere vom Ing.-Assistenten bis hin zum Leitenden Ingenieur

Universitätsstudium: Gewerbelehramt mit den Fächern Metall- und Maschinentechnik und Sozialwissenschaft mit Schwerpunkt Politische Wissenschaft

Anschließend Gewerbelehrer und Koordinator an Berufsbildenden Schulen und Fachseminarleiter für Lehrer der Fachpraxis

Bisher veröffentlichte Bücher:

CHEOPS-PYRAMIDE
gebaut mit den eigenen BARKEN
Lösung des Jahrtausendrätsels:
MASCHINEN des HERODOT + KRAFT des WASSERS
ISBN-13: 978-3-8370-6236-6

Das RAD des PHARAO
7 Vorbedingungen für den Bau der Cheops-Pyramide
DER BAU BEGINNT
ISBN: 978-3-8370-2310-7

VERMÄCHTNIS des HERODOT
zum Bau der
CHEOPS-PYRAMIDE
Jahrtausende altes Mysterium gelüftet:
100.000 Mann – Hydrostatik – 230 Steinhebemaschinen
ISBN: 978-3-8391-1486-5

PRINZESSIN DER HERZEN
- ein Drama im Spiegel der Galaxien
ISBN: 978-3-8423-5222-3

ADOLF HITLER »DAS BÖSE«
- und die Rache des
Ziegenbocks von Leonding
ISBN: 978-3-8448-8977-2

ADOLF HITLER »THE EVIL«
- and the Revenge of the
  Billy Goat of Leonding
  English Edition
ISBN: 978-3-7322-1417-4

Helmar Neubacher

ICH HABE VIEL
ZU LANGE
GESCHWIEGEN

Sozialdemokratie am Abgrund!
Deutschland am Abgrund?

Satire?   Satire   Satire!

Umschlag:
Entwurf und Gestaltung: Schaduf-Book, Postfach 1412
25966 Sylt/OT Westerland

Bibliografische Information der Deutschen Nationalbibliothek

Die Deutsche Nationalbibliothek verzeichnet diese Publikation in der Deutschen Nationalbibliografie, detaillierte bibliografische Daten sind im Internet über http://dnb.d-nb.de abrufbar.

Herstellung und Verlag: BoD - Books on Demand, Norderstedt
ISBN 978-3-7322-1418-1

ANMERKUNG ZUM INHALT

Das vorliegende Buch gibt die Stimmung von Millionen wahlberechtigten Bürgern, 4-5 Monate vor der Wahl zum 18. Deutschen Bundestag, wieder - ganz so, wie auch vom Autor empfunden.

Da der Niedergang der Sozialdemokratie (SPD) ein Schwerpunktthema ist, der Autor aber nicht noch Wasser auf die „Mühlen" der „heiß gelaufenen" SPD schütten möchte, erscheint dieses Buch erst zum November 2013.

In den schlaffen Wahlkampf der Sozialdemokraten mit einem völlig ungeeigneten Kanzlerkandidaten in Verbindung mit einem nichtssagenden Wahlprogramm, möchte der Autor nicht vor dem Wahltermin eingreifen.

Aufgrund dessen, dass die anzusprechenden Probleme, insbesondere die noch nicht wieder erneuerte SPD und die anhaltende Bedrohung unseres Deutschlands durch das Nichtkönnen der Regierenden, weiter bestehen, ist dieses Buch auch nach der Wahl am 22. September 2013 immer noch hochaktuell!

»DAS UNGLÜCK NIMMT SEINEN LAUF«

.... und Willy Brandt schaut zu ....

SPD-Dreiergremium mit dem von ihm gekürten
Kanzlerkandidaten
PEER STEINBRÜCK

Abb. 1   Sigmar Gabriel (links), Frank Walter Steinmeier (rechts) und
Peer Steinbrück (Mitte) unter der Statuette von Willy Brandt im
Jahre 2012

S. Gabriel ist Parteivorsitzender der SPD
F. W. Steinmeier ist Fraktionsvorsitzender der
SPD-Bundestagsfraktion
P. Steinbrück ist die letzten 3 Jahre "Hinterbänkler"
der SPD-Fraktion im 17. Deutschen Bundestag

Einleitung? Hinführung?

– Gibt es in diesem Buch nicht, auch eine Inhaltsangabe erübrigt sich!

Das Buch gibt aber dem Autor, einem Bürger des deutschen Volkes, im Jahre 2013 Gelegenheit, sein Dasein im Weltgeschehen durch nachdrückliches Äußern von Frust und Hilflosigkeit in Deutschland zu beleuchten.

Schön wäre es, wenn am Ende des Buches auch ein klein wenig Hoffnung bliebe, ein wenig Hoffnung und Glaube daran, dass wir es schaffen können, in unserer „kleinen Welt" – der Mutter Erde – unseren Platz als Deutsche, zumindest in unserem Heimatland, zu finden.

MENSCH UND GEGENWART

Am 22. September 2013 ist Bundestagswahl in Deutschland.

Ich, ein Bürger meines 80 Millionen Volkes, mache mir so meine Gedanken. Wen soll ich eigentlich wählen? Ganz klar, die Antwort lautet zunächst eindeutig:

»Die Sozialdemokraten.«

Doch ist die Sozialdemokratische Partei Deutschland (SPD) mit ihren einstigen Vorbildern August Bebel, Karl Liebknecht, Kurt Schumacher, Willy Brandt und Helmut Schmidt noch die große Volkspartei von einst? Dies war sie zumindest als ich 1976 als kleiner Kommunalpolitiker auf die Straße ging, um mit meinen Freunden aus Moisburg, Regesbostel und Hollenstedt Wahlplakate aufzuhängen – bei strömendem Regen und auch bei Sonnenschein.

Damals schien auch noch die Sonne für meine SPD mit ihren über 1 Million eingetragenen Mitgliedern (siehe Abb. 2). Doch kann diese Partei uns auch heute Wärme geben, falls der Sonnenschein einmal ausbleibt?

Damals, 1976, war das so. Wir in unseren kleinen Dörfern in Niedersachsen fühlten uns alle geborgen. Wir waren zwar nur unbedeutende Mitglieder im SPD-Ortsverein Hollenstedt, doch wir fühlten uns in der „Millionen-Mannschaft" der großen SPD sicher wie in einer intakten Familie. In unserer positiven Aufbruchstimmung, eingebunden in den Bundestagswahlkampf, spielte es überhaupt keine Rolle, wenn uns dann eisiger Wind von anderen Parteien entgegen blies. Unsere eigene Partei gab uns immer wieder Kraft und Argumente, beherzt gegenzusteuern.

Uns alle, jung und alt verband ein übergroßes mächtiges Zusammengehörigkeitsgefühl, vom Kanzlerkandidaten Helmut Schmidt bis hin zum kleinsten Parteimitglied.

Doch was ist heute, 2013? Wen soll ich wählen? Ich bin so unsicher und hilflos, denn die SPD von damals ist nicht mehr meine Partei – sie hat sich von mir abgewendet – sie hat sich gewandelt! Klare Leitbilder, wie sie Willy Brandt, Helmut Schmidt und Herbert Wehner noch verkörperten, sowie ein der SPD-Geschichte würdiges Parteiprogramm fehlen.

Was ist aus dem Hoffnungsträger SPD von damals geworden – der Hoffnungsträger nicht nur für die Million treuer begeisterter Mitglieder, sondern auch Hoffnungsträger für die vielen Millionen Wähler der SPD? Auch sie fühlten sich bei dieser Volkspartei geborgen.

Was ist geblieben? Wem soll ich am 22. September 2013 meine beiden Stimmen für die 18te Wahl zum Deutschen Bundestag geben?

Alles wandelt sich im Leben der Menschen – doch leider nicht immer zum Guten!

Und immer wieder das gleiche Spiel:

Politiker kommen, Politiker gehen.

Doch wir bleiben!

Wir, das Volk, das immer wieder alle vier Jahre zur Wahlurne „geschleift" wird.

Keiner von uns blickt mehr durch, was eigentlich geschieht, wofür er überhaupt die Mühe aufwendet und sich zur Wahl begibt.

Wir alle sind frustriert, fühlen uns irgendwie „verschaukelt", weil wir das Gesamtgebilde unseres Seins nicht mehr verstehen.

Wir Millionen „Kleinen" sind uns aber in der Beurteilung unserer eigenen Lage einig. Obwohl wir selten miteinander sprechen und auch keine gemeinsame Stimme haben, die für uns spricht, so vernimmt man aber von uns Allen den gleichen Aufschrei:

»So geht das nicht weiter!«

Doch was sollen wir machen, was können wir tun?

- Sollen wir die Wahl boykottieren, einfach nicht hingehen, mittels Nichtstimmabgabe unseren Protest zum Ausdruck bringen?

»Ein schwaches Protestmittel und so gar nicht geeignet zum Vorteil des eigenen Volkes«, stelle ich für mich selbst fest.

- Oder genügt es, zu schimpfen?

»Wohl nicht!«

- Also doch auf die Straße gehen und lautstark protestieren? Oder genügt das alles nicht, und wir müssen eine härtere Gangart einlegen, wie z. B. passiver Widerstand und Streik?

Doch was kann ich kleiner Bürger schon ausrichten mit den genannten Protestformen? – Wehren gegen wen? – Gegen Frau Dr. Merkel, Herrn Westerwelle, Herrn Dr. Rösler und alle anderen, die uns regieren – dazu aber ganz offensichtlich nicht fähig sind!

Wir „Kleinen", die Regierten, stellen frustriert fest, dass keiner von uns den „Durchblick" hat, weiß, wohin „die Reise" geht. Wir alle sind völlig unsicher, was nach der kommenden Wahl tatsächlich geschieht, was uns die Zukunft bringt.

Der neue Kanzlerkandidat (KK) der SPD, Herr Peer Steinbrück, antwortete auf die Frage der Moderatorin Anne Will mit einer schon nicht mehr zu überbietenden Überheblichkeit, ja Dreistigkeit, dass er nicht verpflichtet sei, bereits im Wahlprogramm klar formulierte Aussagen für die Zeit nach der Wahl zu treffen. Frau Will solle sich gedulden und auf seine Zeit als gewählter Bundeskanzler warten!

- Wie sollen wir 62 Millionen deutschen Wähler unter den „Vorwahl-Schwätzern" die richtigen auswählen?

»Wenn uns Herr Steinbrück – neben Frau Merkel der einzige Anwärter auf den nächsten Regierungschefsessel – bereits über die nahe Zukunft im Unklaren lässt, dann gilt das für das Heer der übrigen Bundestagskandidaten erst recht, und zwar in ganz verstärktem Maße!«

Quintessenz:

»Wir Millionen Wähler, das Volk, werden nicht erst nach der Wahl „verschaukelt", nein, man lässt uns schon vor der Stimmabgabe hilflos zurück!«

Doch wie verhält es sich nun mit den „Großen", sind sie besser dran als wir „Kleinen"?

Glaubt auch nur einer meiner verehrten Leser, dass unsere Bundeskanzlerin (BK), Frau Dr. Angela Merkel, als die „Größte" und Mächtigste von uns allen, noch in irgendeiner Form den Gesamtdurchblick hat? Dass sie fähig ist, die Geschehnisse unseres Landes einzuordnen, zu beurteilen und die nötigen Konsequenzen im Geschrei des Europas der 28 und der „Welt" zu ziehen – für Gegenwart und Zukunft?

Nach dem Grundgesetz (GG) ist die Kanzlerin dafür da, „Die Richtlinien der Politik" zu bestimmen. Wie soll aber Frau Dr. Merkel ihren 15 Ministern vorgeben, wohin die Reise geht, wenn ihr selbst der innere Kompass fehlt? Die „Gute" geistert ja die meiste Zeit selbst im Ausland herum und spricht überall ihr „nichtssagendes, kluges Wort" zu allen globalen Themen – und da liegt die Krux auch schon begraben:

Jeder, aber auch jeder unserer Politiker, einschließlich unserer Frau Bundeskanzlerin, verschanzt sich hinter dem Wort „Global". Dieses Fremdwort ist ja auch so schön allgemein, dass es all denen, die da mitreden, gestattet, sich hinter diesem Wort regelrecht abzuducken, zu verstecken. Es ist ja auch gar nicht erforderlich, dass die Zuhörer von Herrn Dr. Rösler, Frau Künast und Frau Wagenknecht verstehen, was gesagt wird. Dieses Wort „Global" ist so herrlich übergeordnet über alle politischen Vorgänge – es scheint alles, was auf der „Welt" geschieht, zu umschließen und zu erklären.

Wir „Kleinen" bemerken natürlich gar nicht, wenn die regierenden Schwätzer das Wort „Global" häufig völlig falsch anwenden, weil sich dieses Wort im Wortschatz von uns „Kleinen" gar nicht befindet. Wir haben schon alle unsere liebe Mühe, die vielen deutschen Wörter in „die richtige Reihe" zu bringen. Selbst der berühmte ehemalige BK Dr. Konrad Adenauer verfügte nur über einen Wortschatz von etwa 950 Wörtern, wie mir sein ehemaliger Wahlkampfleiter einmal versicherte. Da sich Dr. K. Adenauer auf seinen begrenzten Wortschatz eingerichtet hatte, belastete er sich auch gar nicht mit übermäßig vielen Fremdwörtern – ganz im Gegensatz zu den politischen Wichtigtuern unserer heutigen Zeit.

Man bedenke, dass das Wort „Global" alles auf der Erde, aber auch der ganzen Welt umschließen kann. Aus diesem Grunde sollten alle politischen „Gernegroße" das lateinische Wort „Global" in Zukunft ersetzen durch passende deutsche Wörter.

denn:

Die deutsche Sprache verstehen wir „Kleinen", die lateinische Sprache verstehen wir nicht!

Benötigen wir „Kleinen" des deutschen Volkes heutzutage Übersetzer – Übersetzer, die uns die völlig unverständlichen Redetexte unserer gewählten Volksvertreter vereinfachen, also in die Sprache des „Kleinen Mannes" übertragen?

Das beste Beispiel für komplizierte Ausdrucksweise, nicht verständliche Formulierungen und abgehobenen Pathos ist der von mir sehr geschätzte ehemalige Sozialdemokrat Oskar Lafontaine.

Der „Oskar" möchte gern volksnah sein – da ihn aber niemand versteht, wird er auch niemals ein Volkstribun! Das hat sich gestern, am 22.4.2013, bewahrheitet: Er tritt zur nächsten Bundestagswahl nicht wieder an, wie die Medien bekannt gaben.

Wie wär's, verehrter Leser, wenn wir das Wort „Global" bzw. „Globalisierung" zum Unwort des Jahres 2014 erklären?

Nun begreift ja jeder von uns „Kleinen", dass auch Frau Merkel nicht mehr alles versteht. Deutschland und die übrige „Staatenwelt" mit ihren wirtschaftlichen, machtpolitischen länderübergreifenden Interessen und Abhängigkeiten bilden ein derart unübersichtliches Geflecht, dass auch unsere Bundeskanzlerin den Gesamtdurchblick verlieren kann, ja verlieren muss.

Nun hat natürlich Frau Bundeskanzlerin gegenüber uns „Kleinen" den Vorteil, dass sie sich alles von ihren Fachministern und einem Heer von Experten mit deren Sachverstand erklären lassen kann.

Doch wer erklärt uns „Kleinen" des 80 Millionen Volkes die komplizierten Zusammenhänge der „Welt"?

Wir sind dazu verdammt, uns auf die Informationen aus Fernsehen, Radio, Zeitschriften und Zeitungen zu verlassen – auf all das, was Reporter und Moderatoren als geeignet und wichtig erachten, **uns mitzuteilen.** Verschönt, verstärkt, übertrieben, untertrieben – häufig im Wahrheitsgehalt verfälscht - wird hier Meinung gemacht je nach politischer Überzeugung und den Vorgaben der Redaktionsleitungen!

Hilflos wie ein Eichenblatt auf dem Ozean treiben wir dahin, nicht fähig, im Bombardement der medialen Meinungsmacher auf ein eigenes Ziel zuzusteuern. Wir sind bis auf Weiteres dazu verdammt, das zu „fressen", was die „Köche" der Medien für nötig erachten, **uns mitzuteilen.**

Neben den drei klassischen Säulen des demokratisch verfassten Staates ist außerhalb des Parlamentarismus eine gewaltige vierte Kraft entstanden, und zwar der

Machtfaktor der Medien,

- der bestimmt, wie Wahlen verlaufen
- der Kriege und Kriegshandlungen beurteilt
- der Meinung zerstört und Meinung macht.

Es ist ein Faktor entstanden, der in seiner Möglichkeit, über andere zu herrschen, sich derart gewaltig aufgebläht hat, dass seinen Machern möglicherweise nicht einmal bewusst ist, an welch gewaltigem Hebel sie ziehen.

Diese Wandlung zusammengefasst ergibt:
»Die Medien werden zum Machtinstrument und sind nicht mehr nur eine Stimme kritischer und konstruktiver Opposition«, wie allgemein vermutet! Zu einer regelrechten Gefahr für die Menschheit kann es kommen, wenn die **Macht der Medien** und **die Macht des Kapitals** in einer Hand liegen wie im Italien des Herrn Silvio Berlusconi. Wenn dann ein Mann wie S. Berlusconi mit diesen beiden Machtfaktoren auch noch nach der **politischen Macht** in seinem Lande greift, dann „brennt" es lichterloh! Besonders in diesem haarsträubenden Falle hätte es Kanzlerkandidat P. Steinbrück sehr gut zu Gesicht gestanden, Frau Merkel vor der drohenden Gefahr auch für Europa zu warnen:

denn:

das gleichzeitige Verfügen über

- DIE MEDIEN
- DAS KAPITAL und
- DIE POLITISCHE MACHT

schließt dann später jegliche Kontrolle aus!

»Kontrolle der Regierenden ist aber die Voraussetzung für das Funktionieren jeder Demokratie, wie wir alle wissen!«

»Über diesen gefährlichen Mann zu lachen, Herr Kanzlerkandidat Steinbrück, und S. Berlusconi einen Clown zu nennen, disqualifiziert Sie, Herr Kandidat! Sie verniedlichen akute Gefahr und das macht auch Sie gefährlich!«

DIE VERGANGENHEIT

Kurt Schumacher und Willy Brandt waren große Sozialdemokraten. Auch Helmut Schmidt war ein anerkannter Kanzler aus den Reihen der SPD. Diese große Partei gab dem deutschen Volk seit der Technischen Revolution zum Ende des 19. Jahrhunderts Hoffnung auf bessere Zeiten. Sie bahnte die Entstehung von Gewerkschaften, den Beginn der Gleichstellung von Frauen etc. – gab auch den Arbeitnehmern eine Stimme und war damit der Hort des „Kleinen Mannes".

1933 stimmten die Abgeordneten der SPD als einzige Fraktion geschlossen gegen das Ermächtigungsgesetz von Adolf Hitler, obwohl Verfolgung bis hin zum Tod durch die National-sozialistische Deutsche Arbeiterpartei (NSDAP) bereits absehbar war.

Ich selbst habe 1976 und die Jahre darauf als kleiner Kommunalpolitiker Wahlkampf gemacht für Helmut Schmidt und die Sozialdemokratie – in festem Glauben, dass alles besser werde oder zumindest die Errungenschaften der „SPD-Väter" erhalten blieben.

Doch alles kam anders!

1976 waren wir, Sozialdemokraten aus Buxtehude und der Samtgemeinde (SG) Hollenstedt, zweimal in der Gustav-Heinemann-Akademie in Malente. Wir hatten uns eingefunden zu einem Seminar, um Gegenwart und Vergangenheit zu verstehen – verbunden mit dem Ziel, dann die Zukunft besser meistern zu können. Ein Genosse „Walter" war der Seminarleiter und es klingen noch heute seine Worte an mein Ohr:

„Nur 10 Prozent der Bürger unseres Volkes besitzen und verfügen über 60 Prozent aller Güter und Gelder in der Bundesrepublik Deutschland (BRD) – das wollen wir Sozialdemokraten ändern!"

Gerechte Verteilung des gesamten Volkseinkommens, Mitbestimmung der Arbeiterschaft in den Betrieben, verbunden mit dem Ziel:

Gleichheit zwischen Kapital und Arbeit!

All diese Flöhe, die der Sozialdemokrat Walter in unser Ohr setzte, hat er wohl inzwischen vergessen. Anstatt zu kämpfen für die vorgegebenen Ziele, zumindest in Form von nicht umstößlichen

Forderungen, ist der SPD-Seminarleiter abgetaucht im Wust des heutigen europäischen 28-Staaten-Monstrums und erfreut sich offenbar eines sicheren gut bezahlten Pöstchens.

Der Sozialdemokrat Walter hatte zu jener Zeit sicher noch eherne Vorsätze und glaubte wie auch wir an den „Demokratischen Sozialismus", für den wir von Haus zu Haus gingen, um die Wähler mit dieser Idee vertraut zu machen.

„Demokratischer Sozialismus", eng angelehnt an das „Godesberger Programm" (Grundsatzprogramm der Sozialdemokraten von 1959 bis 1989), beinhaltete natürlich Gleichheit der Menschen und aktive Mitverfügung über alle irdischen Güter.

Insbesondere wird dadurch in weitestem Sinne verstanden:

Gleichheit zwischen Kapital und Arbeit mit der Konsequenz, dass es dann eines Tages, möglichst schon in nächster Zukunft, keine Superreichen und Arme unter den Menschen mehr gibt, dass sich die Schere zwischen Arm und Reich schließt.

Für Gerechtigkeit waren ja eigentlich alle, und Millionen Deutsche hatten die Notwendigkeit einer Angleichung von Reich und Arm verstanden. Der größte Teil des deutschen Volkes wäre sicherlich der SPD bei einem behutsamen Umbau der deutschen Wirtschaft gefolgt – zum Wohle des „Großen Ganzen".

Doch was ist geworden aus dem Hort des „Kleinen Mannes"? Die Antwort gibt ausgerechnet ein SPD-Mann, der die Macht hatte, an einem wichtigen Rädchen zu drehen, obwohl er die Botschaft von Kurt Schumacher und Willy Brandt gar nicht verstanden hatte.

Ein gewaltiger Absturz der Sozialdemokratie vollzog sich ganz plötzlich, vergleichbar einem furchtbaren Unwetter, als Herr Gerhard Schröder im Jahre 1998 Bundeskanzler der BRD wurde. Niemals hörte man ein Wort über den „Demokratischen Sozialismus", ein Vokabular, über das Herr Schröder offenbar nicht verfügte.

Es ist an dieser Stelle gar nicht notwendig, auf die Aktivitäten dieses Herrn ausführlich einzugehen. Tausendfacher Austritt von treuen SPD-Mitgliedern wegen des Wirkens dieses Mannes sprechen eine eigene beredte Sprache (Siehe Abb. 2). Doch die beiden „Großtaten" des Herrn Schröder dürfen keinesfalls übergangen werden:

Ist Ihnen, verehrter Leser, das Folgende noch im Gedächtnis?

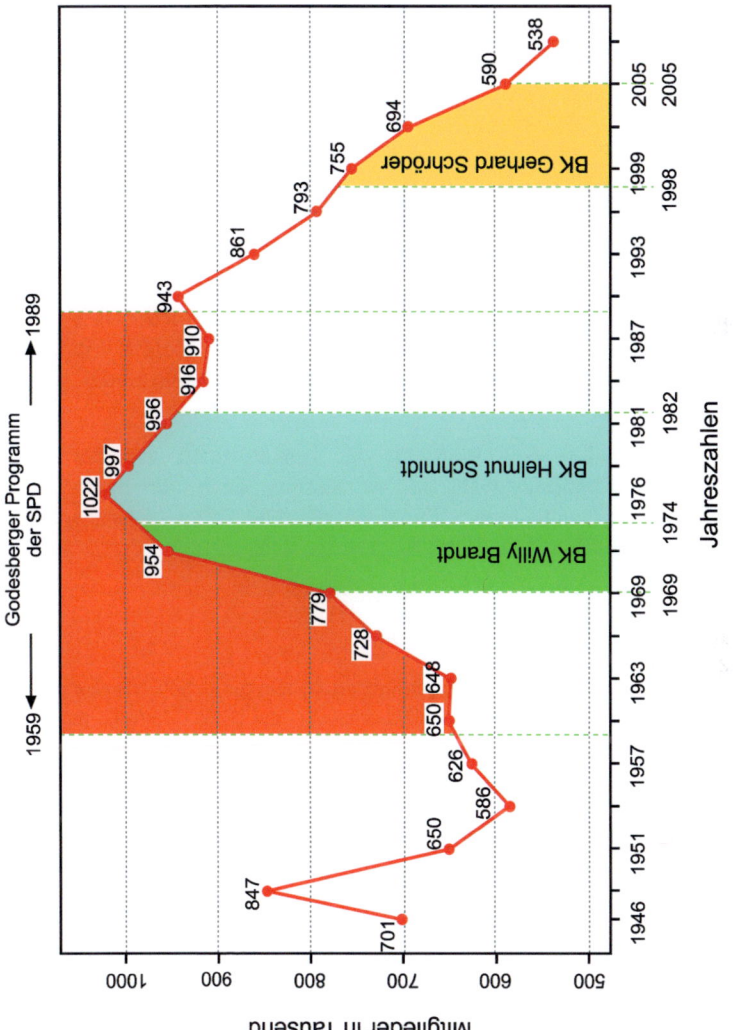

Abb. 2   Mitgliederentwicklung der SPD von 1946 bis 2008
Umzeichnung nach http://commons.wikimedia.org/wiki/File: SPD_Mitgliederentwicklung.svg?

Herr Schröder ließ sich bekanntlich 1998 und 2002 von der Mehrheit des Bundestages (BT) zum BK der BRD wählen – seit 1949 durchaus ein mehrfach vollzogener Vorgang, wie ihn das Grundgesetz (GG) vorschreibt.

Doch nun wird es spannend!

War die Geschichte bis hierhin durchaus ehrenwert, so kann man das, was nun folgt, auch als Vergewaltigung des GG bezeichnen – zumindest von mir, dem Autor so empfunden:

Dazu muss man wissen, dass der Auslöser dazu wohl der Bruch einer Männerfreundschaft war. G. Schröder hatte sich mit dem Vorsitzenden der SPD, Oskar Lafontaine, einem der angesehensten Sozialdemokraten seiner Zeit, überworfen, mit der Folge:

O. Lafontaine tritt im März 1999 von seinem Amt als Finanzminister zurück und legt alle seine Parteiämter nieder. Am 25. Mai 2005 tritt er aus der SPD aus, weil er mit der Politik von BK Schröder nicht einverstanden ist und die Partei „Die Linke" gründen möchte.

Um O. Lafontaine die Gründung der Linken noch vor der kommenden Bundestagswahl zu vermasseln, denn für einen derartigen Vorgang einer Parteineugründung sind Monate erforderlich, beschließt G. Schröder ganz einfach:

„Es müssen schnellstens Neuwahlen her!"

Doch nun kommt das Ungeheuerliche:

Der amtierende BK G. Schröder missbraucht meines Erachtens das GG. Er interpretiert einen der wichtigsten Artikel nach Gutdünken und „schreibt damit den Sinn des GG neu".

Anders ausgedrückt:

BK G. Schröder setzt den Willen der Väter des GG ganz einfach „außer Kraft", obwohl er dazu eigentlich zwei Drittel der Stimmen der Mitglieder des deutschen BT benötigt hätte.

Artikel 68 (Auflösung des Bundestages):
„Findet ein Antrag des Bundeskanzlers, ihm das Vertrauen auszusprechen, nicht die Zustimmung der Mehrheit der Mitglieder des Bundestages, so kann der Bundespräsident auf Vorschlag des Bundeskanzlers binnen 21 Tagen den Bundestag auflösen. Das Recht zur Auflösung erlischt, sobald der Bundestag mit der Mehrheit seiner Mitglieder einen anderen Bundeskanzler wählt."

Nun aber bitte aufgepasst, verehrte Leser:

BK G. Schröder nutzt den Artikel 68 (GG) nicht, damit ein neuer BK gewählt wird – nein, er betreibt die Auflösung des BT mit dem alleinigen Ziel, **Neuwahlen herbeizuführen. – obwohl er über die Mehrheit im Deutschen Bundestag verfügt!**

Die Regierungsmehrheit der BT-Abgeordneten aus SPD und Grünen (Bündnis 90 – Die Grünen), die 2002 G. Schröder vertrauensvoll zu ihrem BK machten und danach frenetisch feierten – **die gleichen BT-Abgeordneten sprechen ihrem eigenen „Noch-Bundeskanzler"** am **01. Juli 2005 ihr MISSTRAUEN aus und wählen ihn ab!**

Dazu vier ausgewählte Kommentare bekannter Zeitungen, die mehr nach Satire klingen, denn nach Wirklichkeit:

- *„Schröder stürzt den Kanzler"*
  (www.stern. de/politik/deutschland vom 01.07.2005)

- *„Schröder hat Vertrauensfrage erfolgreich verloren"*
  (www.dw.de vom 01.07.2005)

- *„Kanzler ohne Mehrheit: Schröder gewinnt das Misstrauen"*
  (www.spiegel.de/Politik vom 01.07.2005)

- *„Vertrauensfrage: Schröder hat`s geschafft"*
  (www.spiegel.de/Politik)

Sie, verehrter Leser, glauben, das sei nunmehr alles, was es zu dieser Geschichte gibt, und wir könnten den „politischen Sumpf" verlassen – nein, nein, es kommt noch schlimmer – es wird noch abenteuerlicher:

Hat womöglich BK G. Schröder sich selbst als BK das Misstrauen ausgesprochen?

Ist das Ganze nun ein Witz, mehr eine Satire à la „Lach- und Schießgesellschaft"?

Nein, so tatsächlich geschehen am 01.07.2005, mit der Folge von BT-Neuwahlen am 18.09.2005!

denn:

Die Opposition (CDU/CSU/FDP) war mit ihren Abgeordneten in der Minderheit, konnte deshalb aus eigener Kraft nicht einen BK aus den eigenen Reihen wählen – war wohl auch insgeheim mit

Neuwahlen sehr einverstanden, denn es gab auch nicht einen einzigen Abgeordneten der Oppositionsparteien, der später vor das Bundesverfassungsgericht ging.

Von den 245 SPD-Abgeordneten stimmten 105 mit „ja" für Bundeskanzler Schröder – 140 Abgeordnete enthielten sich der Stimme. Auch Schröder, die Minister und führende Abgeordnete enthielten sich entsprechend ihrer vorher proklamierten Ankündigung der Stimme.

Aus diesem Abstimmungsverhalten ergibt sich:

140 SPD-Bundesabgeordnete verweigern ihrem eigenen im Amt befindlichen Bundeskanzler das Vertrauen – einschließlich des amtierenden Bundeskanzlers selbst!

Quintessenz:

»Grabe niemals für Deinen Gegner (Lafontaine) eine Grube, Du fällst selbst hinein« – eine bittere Lehre auch für die gesamte SPD!

Der damalige, durch sich **selbst** abgewählte BK G. Schröder stellte sich damit auch **selbst** ein Bein, denn er verlor bekanntlich die folgende BT-Wahl!

BK G. Schröder war sich aber zum Zeitpunkt der Vertrauensfrage noch absolut sicher:

- »gute Stimmung in Deutschland für meine SPD
- O. Lafontaine schafft die Neugründung seiner Linken Partei nicht bis zum Wahltermin
- wir werden die Wahl gewinnen!«

Dieser BK hatte es in der Vergangenheit des öfteren fertig gebracht, notwendige Mehrheiten zu beschaffen, obwohl er nicht über die erforderliche Mehrheit verfügte. Das geschah immer dann, wenn es im Lande irgendwo Überschwemmungen gab. In diesen Fällen zog sich der „volksnahe" Herr Schröder dann seine Gummistiefel an, stapfte im Überschwemmungsgebiet herum und ging so unter dem Blick der leidenden Menschen auf Stimmenfang.

»Nur Pech, Herr BK, Sie verloren wahrscheinlich am 18. September 2005 gegen Frau Merkel die BT-Wahl, weil es zu diesem Zeitpunkt keine Überschwemmung gab!«

Das Schlimme:

Dieser BK erledigte nicht nur sich selbst aufgrund seiner eigenen Abwahl, sondern nahm auch den Sozialdemokraten ohne jede zwingende Notwendigkeit die Regierungsgewalt – und das für mehrere Legislaturperioden, wie es die Geschichte lehrt.

- Weshalb verlor nun G. Schröder am 18.09.2005 mit seiner SPD die Bundestagswahl? – Die Antwort ist ganz einfach:

»BK G. Schröder hatte sich schon zuvor in den Jahren seiner Amtszeit selbst ausmanövriert!«

Er wurde „Vater" der Hartz-IV-Gesetze. Einen schlimmeren Dienst konnte er seiner eigenen Partei gar nicht machen. Abertausende Menschen stürzte er ins Elend, als er Arbeitslose und Fürsorgeempfänger in einen Topf warf und zusätzlich die Arbeitgeber mit dem Instrument der Zeitarbeit und Leiharbeit ausstattete – Schaffung eines Niedriglohnsektors für Millionen Arbeitnehmer. Da fällt mir als Autor nur der Begriff „Knechtung der Schwächsten aus dem Heer der Arbeitnehmer" ein, um diesen Vorgang zu beschreiben!

Die Folge:

Millionen von treuen Wählern und Parteigenossen hatte er mit einem einzigen Schlage verprellt.

O. Lafontaine hatte es immer wieder während des Wahlkampfes runtergebetet:

»Der Ingenieur, der arbeitslos wird, findet sich bereits nach einem Jahr Arbeitslosigkeit im Heer der Dauerarbeitslosen wieder, den Beziehern von bisheriger Arbeitslosenhilfe. Der Ingenieur, der möglicherweise vorher einen gut bezahlten leitenden Posten bekleidete, wird von BK G. Schröder nach nur 12 Monaten zum Fürsorgeempfänger degradiert mit seiner gesamten Familie.«

Das ganze Gesetzesgebilde nannte BK G. Schröder dann auch noch eine „Reform" und vergaß dabei ganz, was Willy Brandt einmal gesagt hat:

„Reform ist etwas, was dem Volke nützt!"

Und zu allem Überfluss und um dem ganzen verkorksten Gebilde die Krone aufzusetzen, holte sich dieser sogenannte Sozialdemokrat den Topmanager des Volkswagenkonzerns Herrn Peter Hartz und weitere Größen der deutschen Wirtschaft ins Boot und gab dieser zum Himmel schreienden „Reform" auch noch den Namen des Vertreters eines Großkonzerns. Seine „Hartz-IV-

Reform" bezeichnete er dann zusätzlich mit dem schönen Fremdwort „Agenda" (lateinisch: das, was getan werden muss), ein Wort, das Millionen Menschen sowieso nicht verstehen.

Am 22. Februar 2002 begann das Unglück jener sogenannten Reform des sozialdemokratischen Bundeskanzlers Gerhard Schröder mit dem Einsetzen der

„Kommission für moderne Dienstleistungen am Arbeitsmarkt"

Entnehmen Sie, verehrter Leser, der folgenden Liste die Mitglieder der damaligen Kommission mit dem irreführenden Namen

… „moderne Dienstleistungen"…!.

Bezeichnend für diesen BK ist, dass er für das „Basteln" der „Reform" von den insgesamt 15 Kommissionsmitgliedern 8 Manager aus der Wirtschaft, ausschließlich Vertreter großer Firmen, auswählte. Offensichtlich verschwendete er keinen Gedanken daran, ausschließlich Sozialdemokraten, also Mitglieder seiner eigenen Partei, und betroffene Arbeitslose in die Kommission einzubeziehen. Und das Schlimme:

Sozialdemokraten, mit ihrem Kanzler an der Spitze, gießen die Vorschläge der stark wirtschaftslastigen Kommission (**Arbeitgeberkommission** nach Empfinden des Autors) in Gesetzesform, mit dem „ersten, zweiten, dritten und vierten Gesetz für moderne Dienstleistungen am Arbeitsmarkt" am 23./24. Dezember 2002/2003.

Es wäre ein Segen gewesen, wenn das Schicksal diesen Bundeskanzler einmal in die Lage versetzt hätte, die Früchte seiner eigenen„Reform" zu genießen!

„Mitglieder der Kommission für moderne Dienstleistungen am Arbeitsmarkt vom 22. Februar 2002. Zu den Mitgliedern gehörten (mit ihren damaligen Funktionen):

* ❖ *Norbert Bensel, Mitglied des Vorstandes der Daimler Chrysler Services AG*

* ❖ *Jobst Fiedler, Roland Berger Strategy Consultants*

* ❖ *Heinz Fischer, Abteilungsleiter Personal Deutsche Bank AG*

* - *Peter Gasse, Bezirksleiter der IG Metall Nordrhein-Westfalen*

❖ *Peter Hartz, Mitglied des Vorstandes der Volkswagen AG,* **Vorsitzender der Kommission**

- *Werner Jann, Universität Potsdam*

❖ *Peter Kraljic, Direktor der McKinsey & Company Düsseldorf*

- *Isolde Kunkel-Weber, Mitglied des ver.di-Bundesvorstandes*

❖ *Klaus Luft, Geschäftsführer der Market Access for Technology Services GmbH*

- *Harald Schartau, Minister für Arbeit und Soziales, Qualifikation und Technologie des Landes Nordrhein-Westfalen*

- *Wilhelm Schickler, Präsident des Landesarbeitsamtes Hessen*

❖ *Hanns-Eberhard Schleyer, Generalsekretär des Zentralverbandes des Deutschen Handwerks*

- *Günther Schmid, Wissenschaftszentrum Berlin für Sozialforschung*

- *Wolfgang Tiefensee, damaliger Oberbürgermeister der Stadt Leipzig*

❖ *Eggert Voscherau, Mitglied der BASF AG"*

(8 von 15 Kommissionsmitgliedern gehören großen bekannten Konzernen an, gekennzeichnet durch ❖)

(Quelle: https://de.wikipedia.org/wiki/Hartz-Konzept)

Eines steht wohl schon heute fest, dass man von Ihnen, Herr Ex-Bundeskanzler, eines Tages nicht sagen wird:

»Er hat sich um das Deutsche Vaterland verdient gemacht.«

... und gleicher Meinung war wohl auch das deutsche Volk am 18.09.2005. Es hatte genug von dem **„Hartz-IV-Agenda 2010-Bundeskanzler"** und seiner SPD und wählte Kanzler und Partei kurzerhand ab.

Trotz dieses Wahldebakels im September 2005 hätte danach eigentlich noch einmal die ganz große Stunde des Herrn Ex-Bundeskanzlers schlagen können:

Ich, als langjähriger Freund und Wähler der Sozialdemokraten, hatte ganz fest damit gerechnet, dass das „Politikertalent" Schröder aus der Wahlniederlage noch einen Sieg macht.

... Wenn auch keinen Wahlsieg, so doch den Sieg des Menschen Schröder über sich selbst als ein Vorbild in der Niederlage.

Mein damaliger Parteifreund, Hans Arnold, aus Moisburg, hat einmal gesagt, der neue Wahlkampf beginne bereits am Tage der Wahl, und zwar unmittelbar nach Schließung der Wahllokale.

So sah ich dann gedanklich allen Ernstes in meiner Fantasie, trotz der verlorenen BT-Wahl, Herrn G. Schröder, wie er wieder seine Gummistiefel anzog, die blaue Arbeitskombi überstreifte und sich bei seiner Heimatgemeinde in Hannover meldete. In meinem Wunschbild ist es dann das Bedürfnis des Ex-Kanzlers gewesen, mit seinen vielen „arbeitslosen Kollegen" einmal die durch ihn geschaffene „Agenda 2010" an sich selbst zu erleben:

Drei Wochen lang jeden Morgen bei der Gemeinde erscheinen, um für 1 Euro pro Stunde die Früchte seines Lebenswerkes zu genießen!

»Hat er nun doch etwas vom Wirken des großen Willy Brandt mitbekommen?«, hätte ich mir dann die Frage gestellt.

Auch wenn der Gemeindeeinsatz natürlich nichts mit dem „Demokratischen Sozialismus" der Sozialdemokratie zu tun gehabt hätte, so wäre aber Herr G. Schröder als ehemaliger Kanzler in die Geschichte eingegangen, der zu seiner eigenen Politik „Hartz IV/Agenda 2010" steht und sich zumindest nicht zu schade dafür ist, mit seinen Arbeitslosen-Kollegen drei Wochen lang für 1 Euro pro Stunde zu malochen – und sich damit drei Wochen lang auf die unterste Einkommensstufe in unserem Lande zu stellen.

»Wahrlich, wahrlich Herr Ex-Bundeskanzler, so wäre es Ihnen gelungen, auch mir, Ihnen gegenüber, etwas Hochachtung abzuringen.«

- Doch was machen Sie?

»Sie ziehen anstatt der Arbeitskombi Ihren dunklen Anzug an, gehen zur russischen Gazprom und streichen Riesenbeträge ein.«

- Nennt man das „Wahlkampfmachen" für die eigene SPD unmittelbar nach der BT-Wahl?!

Da stellt sich mir die Frage:

»Kommt Ihnen, Herr Schröder, nicht auch manchmal in den Sinn, dass Sie Ihre Stellung und Popularität, selbst nach dem Wahldebakel am 18.09.2005 nicht sich selbst zu verdanken haben, sondern allein den Millionen treuen Wählern der SPD mit ihren Kreuzen auf den Wahlzetteln?

Ein Mann mit ehrenhaften Prinzipien hätte seiner Partei in diesem Moment der demütigenden Niederlage beigestanden und ihr Mut zugesprochen.

Glauben Sie wirklich, Herr Ex-Bundeskanzler, dass Sie mit Ihren „klugen Reden" der letzten Jahre, auch nur im Ansatz den Rat des weitsichtigen Kommunalpolitikers Hans Arnold aus Moisburg befolgt haben, nämlich:

„Der neue Wahlkampf beginnt unmittelbar nach der Wahl."

Wahlkampf für die SPD ist das ja nun wahrlich nicht gewesen, was Sie, Herr Ex-BK, nach Ihrem Wahldebakel in den letzten Jahren so fabriziert haben. So ist in Wikipedia zu lesen:

„Nachdem Angela Merkel am 22. November 2005 zur BK gewählt wurde, legte Schröder sein bei der BT-Wahl 2005 erlangtes Bundestagsmandat nieder. Er ist seitdem wieder als Rechtsanwalt tätig und übt außerdem weitere Tätigkeiten aus:

- *Berater für den Schweizer Ringier-Verlag und dessen Verwaltungsratspräsidenten Michael Ringier (seit 2006)*
- *Redner der Agentur „Harry Walker" in New York (seit 2006)*
- *Mitglied und Vorsitzender des Aufsichtsrats des Pipeline-Konsortiums NEGP Company (seit 30. März 2006)*
- *Berater der Libyan Investment Authority*
- *Berater der Rothschildbank (seit 2006)*
- *Berater des chinesischen Außenministeriums, der dabei helfen soll, die traditionelle chinesische Medizin in Europa populär zu machen (seit 2007)*
- *Mitglied des dreiköpfigen Direktoriums des russisch-britischen Ölkonzerns TNK-BP, das in Streitsituationen unter den Anteilseignern schlichten soll (Rücktritt als Aufsichtsrat am 9. Dezember 2011)."*

(Quelle: http://de.wikipedia.org/wiki/Gerhard_Schr%C3%B6der)

Vergeblich wartete ich nach dem „politischen Ableben" des Herrn EX-BK Schröder auf den Schrei der Opposition als Reaktion auf die „Schande" vom 01. Juli 2005, nämlich:

Ein BK legt den Artikel 68 (GG) über die Vertrauensfrage so aus, dass es sogar möglich ist, als amtierender Regierungschef (BK), sich zunächst selbst zu wählen und dann nur 3 Jahre später, sich selbst abzuwählen – sich selbst durch Stimmenthaltung das **Misstrauen** auszusprechen!

Heute wissen wir, weshalb die Opposition stillhielt:

Am 20. Juli 2009 sprach sich Ministerpräsident Peter Harry Carstensen mit seiner Christlich Demokratischen Union (CDU) im Schleswig-Holsteinischen Landtag ebenfalls selbst mit Hilfe der Vertrauensfrage das Misstrauen aus. Man hatte sich dieses zweifelhafte Instrument schlichtweg gesichert, um es dann, wie am 01. Juli 2005, jenem Schicksalstag der SPD, zum Erzwingen von **Neuwahlen** bei Bedarf „aus der Tasche zu ziehen"!

- Glaubt irgend jemand, der damals und auch heute Regierenden, dass solche „eklatanten Verunglimpfungen des GG" auch nur einen Wähler in Deutschland zu größerem Demokratieverständnis bis hin zum Kampf für den Erhalt unserer Demokratie bewegen könnten?

(Zumindest ich, der Autor, empfinde den gewählten Ausdruck, „eklatante Verunglimpfungen des GG" für die beschriebenen Vorgänge durchaus als angemessen.)

»Nein, was Sie erreichen, ist abgrundtiefer Frust beim Wähler sowie das Fortbleiben von Millionen bei wichtigen Wahlen zu Bundestag und den Landtagen.«

Kein Wunder, wenn auch ich, als einer dieser Bürger, mich frage:

- „Wie soll ein Lehrer in den Fächern Politik/ Gemeinschaftskunde/Wirtschaftskunde seinen Schülern den wichtigen Artikel 68 (GG) über die Vertrauensfrage des amtierenden BK erklären?

Ich selbst bin froh, dass mir diese Aufgabe erspart bleibt, da ich nicht mehr im Schuldienst bin – denn auch ich wüsste keine Antwort.«

DIE MACHER VON HEUTE UND MORGEN

Haben die, die sich heute berufen fühlen, uns zu regieren den Schneid, die Probleme unseres 80 Millionen Volkes zu bewältigen – in Gegenwart und Zukunft? Oder wollen sie es alle so machen wie Herr Ex-BK G. Schröder:

Ein paar Jahre „abreiten" im BT und den Landtagen, um danach voller Energie weiterhin ihr kluges Wort zu schwätzen und sich das auch noch entsprechend ihres Bekanntheitsgrades von der Wirtschaft vergolden zu lassen. Man tritt ganz einfach zurück, wie es der Regierende Bürgermeister Klaus Wowereit gerade demonstrierte bei dem Milliardendebakel „Berliner Großflughafen".

Verantwortlich für sein Tun ist der Politiker ja sowieso nicht! Das haben seine Kollegen in der Vergangenheit natürlich in weiser Voraussicht für ihre schwache „Nachkommenschaft" auf Dauer im Grundgesetz festgelegt. Demnach sind Politiker in der Gesetzgebung (Legislative) und Regierung (Exekutive) nur ihrem Gewissen verpflichtet.

Oder das Beispiel in einem großen befreundeten Land:
Der Präsident spielt sich als „Super-Weltpolizist" auf, führt einige Kriege, um dann auf seiner Ranch abzutauchen und die Geschädigten der Kriege allein zu lassen.

Auch das jüngste Beispiel vom Wirken eines Deutschen Bundespräsidenten bringt jeden normalen Wähler an die Grenzen seines Verständnisses:
Der Herr Bundespräsident (BP) Christian Wulff war erst 53 Jahre alt, trat einfach von seinem hohen Amt zurück und lässt sich die nächsten 40 Jahre seines Lebens mit z. Zt. 18.000 Euro monatlich vergolden.

dazu:
Der deutsche Kaiser Heinrich IV zog sich 1076/77 n. Chr. sein Büßergewandt über und wanderte zu Fuß über die Alpen nach Italien zum Papst, um für sein Fehlverhalten Abbitte zu tun – wie uns allen noch aus der Schule als „Bußgang nach Canossa" bekannt.

»Wie wär's, Herr Ex-Bundespräsident Wulff, wenn Sie sich aufgrund Ihres vielfach beschriebenen Fehlverhaltens auch eine Mönchskutte überziehen? Wenn Sie auch nicht über die Alpen wandern, so wären meines Erachtens sechs Monate Einkehr in ein

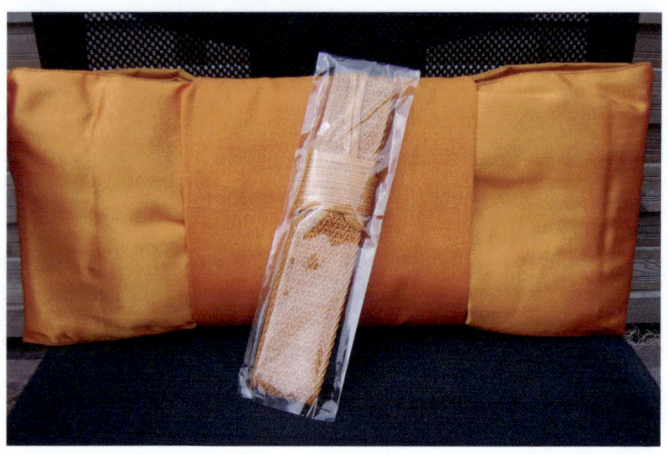

Abb. 3   Mönchskutte mit Bauchgürtel (vorn) aus Sattahip/Thailand
Ein Geschenk des Autors an den Herrn Ex-Bundespräsidenten
Christian Wulff

Kloster sicher eine angemessene Zeit, um über Ihre etwas „unglückliche Amtszeit" als BP nachzudenken.«

Als **Quintessenz** könnte der Ex-BP danach möglicherweise zu folgender Einsicht kommen:
»Ich gebe 50% meines Einkommens (z. Zt. 9.000 Euro monatlich) an Kinder ab, die nicht zu Essen und zu Trinken haben. Dazu gründe ich einen Kinderhilfsfond mit meinem Namen, für den ich dann auch täglich arbeiten werde – bis zu meinem Lebensende.«

Anmerkung des Autors:
»Eine Mönchskutte habe ich, der Autor, bereits gekauft, die ich dann Herrn Ex-BP Wulff zum Erscheinen meines Buches zuschicken werde. Ich hoffe sehr, dass die Größe stimmt und sich Herr Ex-Bundespräsident Wulff über das Geschenk freut.«

Quintessenz:
Dieses geradezu vorbildliche Vorgehen eines ehemaligen deutschen Staatsoberhauptes würde natürlich einen immensen Vertrauensschub beim „Kleinen Mann" auslösen. Voller Anerkennung und Zuversicht in das Tun der Regierenden würden sicher wieder viele Normalbürger gerne alle vier Jahre ihrer „Wahlpflicht" nachkommen.

Selbst unsere Frau BK Merkel könnte durch diese Geschichte angeregt werden, ihre vielfach nichtssagenden Auftritte im Ausland „einzufrieren" und mehr dem GG nach ihre Hauptaufgabe im Inland zu sehen, nämlich:

„Der BK bestimmt die Richtlinien der Politik,"

und er gibt damit seinen Ministern vor, wohin die „Reise" geht. Daran hat sich auch bis heute nichts geändert. Oder hat Frau BK nicht das nötige Vertrauen in ihren Außenminister (AM) Herrn Guido Westerwelle? Weshalb eigentlich nicht, Frau BK?

Seit Herr AM Westerwelle sein Holzhackerhemd aus dem FDP-Guido-Mobil gegen den dunklen Diplomatenanzug getauscht hat, macht er doch meines Erachtens eine ganz gute Figur.

Von seinen Beratern formulierte Reden braucht er nur noch vorzutragen – die vielen Fettnäpfchen, in die er normalerweise tritt, bleiben uns Zuhörern erspart. Zudem macht er dadurch einen hervorragenden Wahlkampf für seine Freie Demokratische Partei (FDP), indem er in allen Medien immer wieder präsent ist. Das mag auch mit einer der Gründe dafür sein, dass die FDP im Januar 2013 derart gut bei der Landtagswahl in Niedersachsen abgeschnitten hat.

Doch kaum ist Herr Westerwelle im April 2013 von seinem sicheren Außenministersessel herabgestiegen, um für den kommenden Bundestag Wahlkampf zu betreiben, verfällt der Herr erneut in seine altbekannten Verhaltensmuster. Voller Schrecken muss ich unter www.augsburger-allgemeine.de/politik lesen:

„Mit heftigen Attacken auf den SPD-Slogan „Das Wir entscheidet" ist die nordrhein-westfälische FDP am Samstag in den Bundestagswahlkampf gestartet. Ihr Spitzenkandidat Guido Westerwelle zog eine Parallele vom SPD-Wahlkampfmotto zum früheren DDR-Unrechtsstaat. ›Der Spruch erinnere an das frühere SED-Motto „Vom ich zum Wir"‹, sagte Westerwelle auf einem Landesparteitag im westfälischen Hamm."

Da frage ich mich bei diesem Schlag unter die „Gürtellinie": »Kommt bei Ihnen, sehr geehrter Herr Westerwelle, bereits jetzt, 5 Monate vor der BT-Wahl, so etwas wie „Untergangsstimmung" auf, bei den derzeitigen Prognosen für Ihre Partei?«

Auch Frau BK Merkel macht aufgrund ihrer Dauerpräsenz im Fernsehen für ihre CDU einen gar prächtigen Dauerwahlkampf über die ganzen vier Jahre der Legislaturperiode. Diesen Vorteil, den nun einmal die Regierungspartei gegenüber der Opposition hat, den dauernden Kontakt zum Weltgeschehen, das Palavern mit allen Größen dieser Erde – auch diesen Vorteil hat Herr Ex-BK Schröder durch seine Selbstabwahl am 01.07.2005 der eigenen SPD genommen.

Doch wo sind die Macher von heute, die uns „Kleinen" in ihrem politischen und menschlichen Tun die großen Vorbilder sind?

Wo sind die Menschen aus unserer Mitte mit den „zündenden Ideen", denen unser großes Volk voller Vertrauen folgen kann?

Das Volk wartet voller Sehnsucht schon lange auf die Leitbilder von morgen.

Da jedem bewusst ist, dass man bei all den anstehenden Problemen nicht ewig warten kann – etwa auf ideale Übermenschen wie Jesus und Buddha – ist die allgemeine Stimmung im Volke z. Zt. schlecht.

Das weiß ich als interessierter Bürger nicht nur vom Fernsehen und aus Zeitungen, sondern auch durch eigene Umfragen.

»Wie kann der Autor Wahlumfragen privat durchführen?«, stellen Sie, verehrter Leser, sich sicher die Frage.

Hier nun die Antwort:
Unmittelbar vor BT-Wahlen und LT-Wahlen befrage ich Mitbürger – Verkäufer, Friseure, Freunde und Bekannte zu ihrem Wahlverhalten. Natürlich weiß ich, dass mir niemand antwortet auf die Frage:

»Welchen Kandidaten und welche Partei werden Sie wählen?«

Jeder Bürger hütet die Antwort als persönliches Geheimnis, wie einen wertvollen Schatz. Jeder nimmt für sich selbst in Anspruch, von seinem verbrieften Recht der „Geheimen Wahl" Gebrauch zu machen, wenn er es denn wünscht.

Dieses Verhalten gilt besonders auch für alle, die sich von der Politik verprellt und getäuscht fühlen – insbesondere für diejenigen, die

- sowieso nicht zur Wahl gehen,

- sich aus allem raushalten,

- denken, dass man ja sowieso nichts machen kann.

Deshalb bediene ich mich eines kleinen Tricks, mit dem ich versuche, die von mir angesprochenen Mitbürger in ein Gespräch zu ziehen – mit der Eingangsfrage z. B. auf dem Friseursessel:

»Verehrte, liebe Friseurin, ich bin ganz unglücklich. In ein paar Tagen ist BT-Wahl und ich weiß nicht, wen ich wählen soll. Ich bin so furchtbar unentschlossen. Ich bin so hilflos gegenüber all den Meinungen und Argumenten wie sie z. Zt. von allen Seiten auf mich niederprasseln, mich regelrecht erschlagen. Ich weiß wirklich nicht, wen ich wählen soll!«

Nun folgt das Erstaunliche:
Da ich, der schon etwas ältliche Friseurkunde, derart hilflos bin, beginnt die junge Friseurin dann so, als wolle sie mich etwas mütterlich behandeln, vergleichbar einem kleinen Kind „beschützend in den Arm nehmen".

»Aber mein Herr, da brauchen Sie doch gar nicht traurig zu sein. Fast keiner der vielen Millionen Wählern weiß, wen er wählen soll. Gestern hörte ich zwei Politiker unterschiedlicher Parteien zu einem gleichen Sachverhalt. Der eine sagte, die Sache wäre „schwarz" – der andere war davon überzeugt, die Sache wäre „weiß". Am Ende der Politikerdiskussion wusste ich nicht, wem ich recht geben sollte. Beide stellten die Sache derart überzeugend dar, dass der „Schwarzmaler genau so recht hatte wie der „Weißmaler"«.

Die junge Friseurin macht eine kurze Pause, holt tief Luft und fährt zum Klappern der Schere ganz unvermittelt ein wenig trotzig fort – ganz so als wolle sie sich etwas vom Herzen reden:

»Wissen Sie, Herr Neubacher, mein Opa hat seit seiner Jugend immer die SPD gewählt. Er war und ist ein kleiner Arbeiter, der jetzt in Kürze in Rente geht. Er war immer der Meinung, dass die SPD am meisten für uns, die „Kleinen Leute", tut. Aber jetzt bin ich doch, aber auch mein Großvater, unsicher geworden. Was der Schröder uns und vor allem meinen arbeitslosen Nachbarn, Bekannten und Freunden mit seiner Agenda angetan hat, das war doch eher ein Verrat an den Idealen dieser alten Partei. Der hat die Wirtschaft gepäppelt auf Kosten der sowieso Armen. Der hat Arbeitslose und Arbeitslosengeldempfänger zu Almosenempfängern degradiert. Auf deren Rücken haben die Wirtschaftsbosse wieder hohe Gewinne gemacht und sich die Taschen voll gestopft. Eine unglaubliche Sauerei war das! So wählen wir zwar wieder SPD, aber ich kann Ihnen versichern, nur mit Bauchschmerzen. Die sind halt für uns das kleinere Übel, weil die anderen Parteien ja noch schlimmer sind«, schließt die junge Friseurin und ist ganz rot im Gesicht, weil sie sich regelrecht „in Rage" geredet hat.

Für mich, den Autor als Fragesteller, ist natürlich nicht entscheidend, ob jemand meiner Interviewpartner Rot, Schwarz, Gelb oder gar Grün wählt. Entscheidend ist vielmehr, dass mich fast alle mit einer Wahlempfehlung entlassen.

Und das Erstaunliche:
Keiner meiner Gesprächspartner ist mir wegen meiner Neugier böse.

Eines wird aber bei meinen „Wählerbefragungen" jedes Mal ganz deutlich:
Alle Befragten verbinden mit ihrer mehr oder weniger deutlichen Wahlempfehlung die Sehnsucht nach einer Person – einer **„Starken Frau"** oder einem **„Starken Mann"**, die oder der ihr Vertrauen gilt. Dabei spielt das Programm der einzelnen Parteien eigentlich überhaupt keine Rolle.

Merkwürdig:
-   Weiß der Wähler, dass die Programme für die Parteien häufig „Schall und Rauch" sind?
-   Ahnt der Wähler sogar, dass die Parteiprogramme in der Regel von ein paar „Klugen Köpfen" zusammengekritzelt und danach von den „Genossen" nur „abgenickt" werden?
-   So fragen wir „Kleinen" uns schon lange, was denn an den Sozialdemokraten **„sozial"**, an den Christdemokraten **„christlich"**, an den Grünen **„grün"** und an den Freien Demokraten **„frei"** ist.

»Alles Makulatur – alles Augenwischerei, nur formuliert für den Wähler!«

So werden wir von den Parteien selbst ganz geschickt in die falsche Richtung geleitet, wenn sie vorgeben:

„Es geht bei uns nicht um Personen, sondern um die Sache –
nur um unsere vorgegebenen Ziele."

Sie geben zwar vor, dass im Mittelpunkt das Parteiprogramm steht, dass es nur um die formulierten und von den Parteimitgliedern abgesegneten Ziele geht, aber die Lüge entlarvt sich schon in der Gestaltung der Wahlplakate, die ausschließlich Personen in den Mittelpunkt rücken und ansonsten austauschbare Werbesprüche anbieten. Darf es also ein bisschen mehr Persil oder Merkel sein?

Kürzlich tauchte bei uns auf der Insel Sylt die stellvertretende Vorsitzende der Partei „Die Linke" auf. Der Titel ihrer Werbebroschüre, mit der sie die Menschen anlockte, lautete:

„FREIHEIT statt KAPITALISMUS".

Sie wollte ihr Buch mit gleichnamigem Titel vorstellen.

Nun ist Frau Sarah Wagenknecht ja nicht irgendwer, sondern allein auf Grund ihrer in der Deutschen Demokratischen Republik (DDR) verbrachten Kindheit und Jugend eine vielversprechende Zeitzeugin des damaligen ostdeutschen Kommunistenstaates. Hinzu kommt ihr schon heute großer Bekanntheitsgrad wegen der Lebenspartnerschaft mit O. Lafontaine und der herausgehobenen Stellung in ihrer Partei. Ich selbst erwartete eine hochinteressante Person, denn „Freiheit statt Kapitalismus" konnte m. E. wohl nur „Demokratischer Sozialismus" bedeuten, wie ursprünglich viele Jahrzehnte von der SPD auf's Schild gehoben und dann offenbar vergessen. Dieser Gedanke könnte ja möglicherweise von S. Wagenknecht neu belebt werden - so hoffte ich.

Hatte Frau S. Wagenknecht einen Weg gefunden, „Demokratischen Sozialismus" volksnah und verständlich darzustellen für jedermann als:

DEMOKRATIE und SOZIALISMUS im GLEICHGEWICHT?

Hatte eine politisch engagierte Frau, die das System der DDR genauestens kannte – mittlerweile aber auch die Demokratie in der BRD – einen Weg gefunden, wie man ARBEIT und KAPITAL gleichberechtigt behandelt mit dem Ziel:

Gerechte Verteilung des Volkseinkommens auf alle Bürger?

Hatte S. Wagenknecht etwa eine Mischung aus den Regierungssystemen der DDR und der BRD – zumindest ansatzweise theoretisch – formuliert, war die spannende Frage. Waren möglicherweise einige Dinge in der damaligen DDR derart gut, um diese auf unser BRD-System mit dem Ziel zu übertragen, Ungerechtigkeiten im heutigen Deutschland zu tilgen?

denn:

Das haben 1949 auch in weiser Voraussicht „die Väter des Grundgesetzes" erkannt und die Möglichkeit der Änderung ausdrücklich festgeschrieben im

Artikel 146 (GG) Geltungsdauer des Grundgesetzes.

Das GG der BRD kann danach jederzeit geändert werden; allerdings sind dazu zwei Drittel aller Stimmen der Abgeordneten des Deutschen Bundestages nötig. Im GG wörtlich:

„Dieses GG, das nach Vollendung der Einheit und Freiheit Deutschlands für das gesamte deutsche Volk gilt, verliert seine Gültigkeit am dem Tage, an dem eine Verfassung in Kraft tritt, die von dem deutschen Volke in freier Entscheidung beschlossen worden ist. "

So stören mich, den Autor, in ganz besonderem Maße die folgenden Gegebenheiten in Deutschland, die auch in weitestem Sinne nach meiner Meinung als ungerecht bezeichnet werden können:

- Zeitarbeit, Leiharbeit, Werkverträge als Lohndumping
- Zusammenlegung von Arbeitslosengeld und Arbeitslosenhilfe (HARTZ IV)
- keine Perspektive der Jugend auf angemessene Altersversorgung
- die Kluft zwischen REICH und ARM
- keine oder zu geringe Mitbestimmung der Arbeitnehmer in den Betrieben
- keine gerechte Verteilung des Volkseinkommens auf alle Bürger
- zu geringe Besteuerung von Kapital und Einkommen der Reichen
- keine echte staatliche Garantie und Bezahlung von Kindergartenplätzen
- keine Garantie von Ausbildungsplätzen für jeden Schulabgänger
- Ausverkauf deutschen Bodens an Ausländer
- Kriegshandlungen außerhalb bundesdeutscher Grenzen
- Waffenlieferungen an fremde Staaten
- Werbung für Alkohol und Rauchwaren

Würde S. Wagenknecht einige Anregungen aus ihrer kommunistisch/„sozialistischen" DDR in das System der BRD einbauen wollen? Zu schön klingen ja auch die seinerzeit von Wilhelm Pieck, Walter Ulbricht, Willi Stoph und Erich Honecker immer wieder heruntergebeteten Errungenschaften des damaligen Arbeiter- und Bauernstaates wie:

- alle Menschen sind gleich
- keine Arbeitslosen
- freie Krankenversorgung
- keiner hungert
- keine Kluft zwischen Reich und Arm.

Für den Leser vorweg:
Der von S. Wagenknecht großmundig angekündigte Vortrag in Rantum/ Sylt am 02.09.2012 war eine absolute Enttäuschung – eine Farce! Weder das Wort Sozialismus tauchte auf, noch irgend ein Ansatz zur Abschaffung der Ungerechtigkeit von zwischen **Arm** und **Reich**.

Jeder Schüler hätte während meiner Lehrertätigkeit für ein derart schlechtes Referat im Politikunterricht ein „Mangelhaft" erhalten.

S. Wagenknecht sagte zu ihrem Buch mit dem so anspruchsvollen Titel „Freiheit statt Kapitalismus" kein Wort, weil sie sich auf eine nichtssagende Diskussion mit der Sylter Bürgermeisterin einließ - über reiche Sylter Bürger. Als ich zum Ende des „Wagenknechtauftritts" gegenüber meinem Sitznachbarn meinen Unmut zum Ausdruck brachte mit den Worten:

»Nur gut, dass O. Lafontaine diesem Vortrag seiner Schutzbefohlenen nicht beiwohnen musste«, bekam ich prompt zur Antwort:

»Der gute Oskar sitzt doch hinter dem Vorhang auf der Bühne. Ich habe ihn selbst gesehen. Sicher hätte er sich die 18 Euro Eintritt zurückzahlen lassen, falls auch er, wie wir alle, für den Vortrag hätte bezahlen müssen.«

Die Quintessenz aus dieser für mich so unbefriedigenden Geschichte:
Ich stellte nach dem Vortrag für mich selbst bestürzt fest, wie wenig ich doch von dem damaligen „Ostdeutschland" weiß, denn selbst während meiner Schulzeit, Lehrerstudium und Lehrertätigkeit spielte das System der DDR eine völlig untergeordnete Rolle. So bat ich einen Studienrat eines Gymnasiums, mir etwas Genaueres über das Regierungssystem der untergegangenen DDR im Vergleich zur BRD und insbesondere zum täglichen Leben der Menschen dort zu erklären.

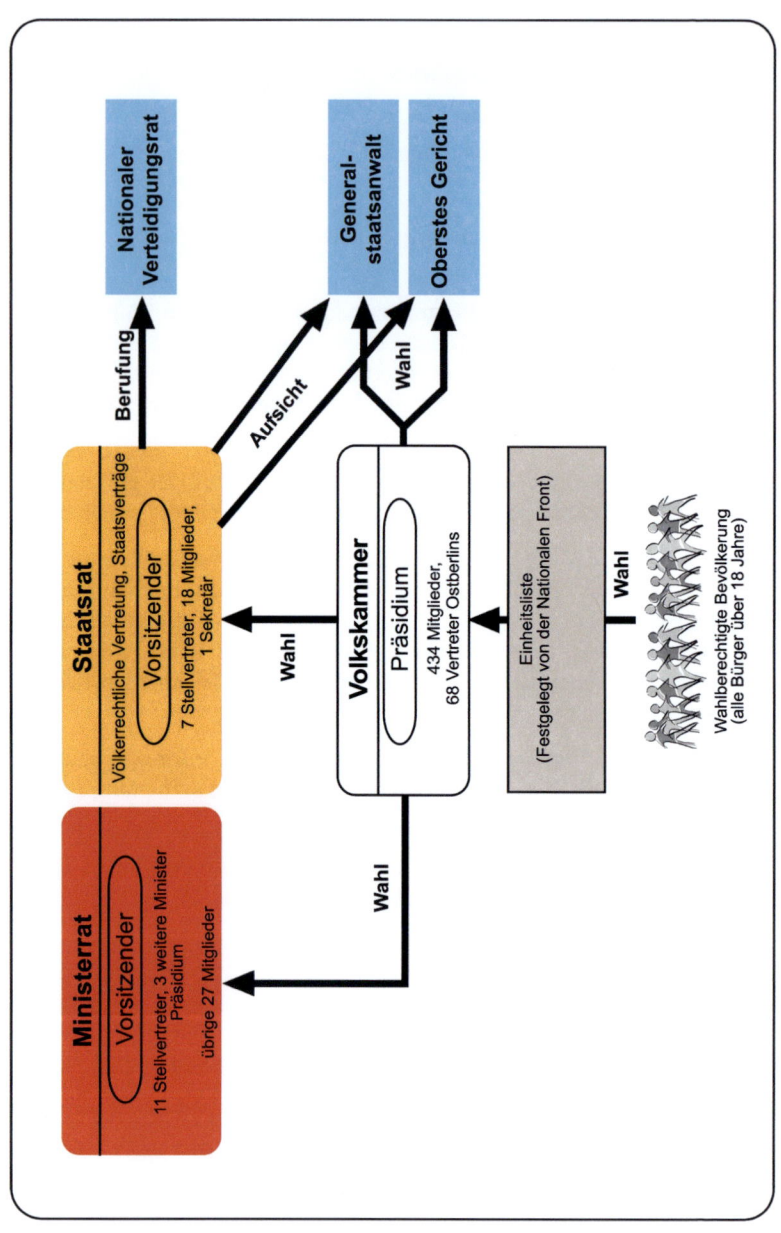

Abb. 4   Regierungssystem der Deutschen Demokratischen Republik (DDR)
Staat von 1949 bis 1990 ; Umzeichnung nach
http://lenizingg.over-blog.de/pages/51_Model_der_DDR-2533266.html

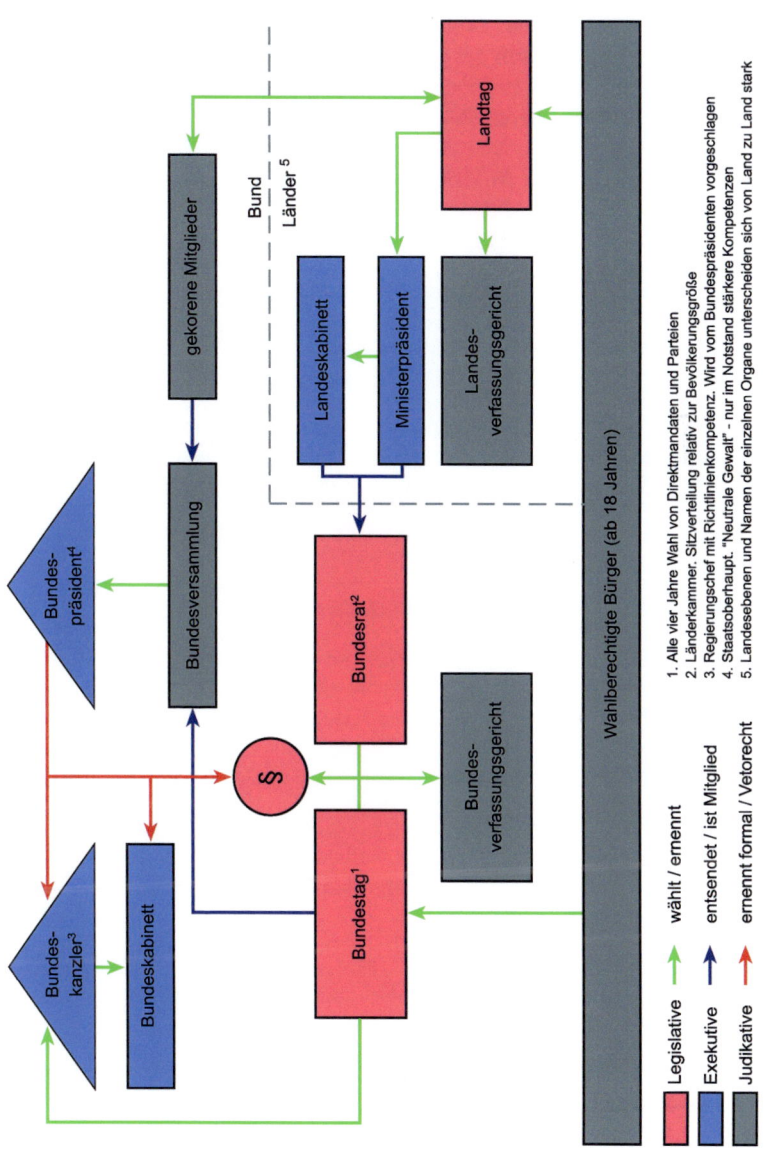

Abb. 5 Regierungssystem der Bundesrepublik Deutschland (BRD)
Umzeichnung nach
http://de.wikipedia.org/wiki/Politisches_System_Deutschlands

Erfreulicherweise war der Lehrer beiden deutschen Regierungssystemen sehr kritisch gegenüber eingestellt. Auf meine Frage, ob denn der sogenannte viel gepriesene „Sozialismus der DDR" in irgendeiner Weise auch als „demokratisch" zu bezeichnen war, erhielt ich als Antwort:

»Die einzigen „Demokraten" in der DDR waren wahrscheinlich die Mitglieder des Ministerrates und Staatsrates, sie entschieden wohl in ihrem Machtgebilde demokratisch, um dann 16,7 Millionen DDR-Bürger wie Sklaven und Knechte zu behandeln und vor der „Welt" mit Hilfe der Russen, des Militärs und einer hohen Mauer wegzusperren.«

Und dieser Studienrat musste es wissen, denn auch er verbrachte seine Kindheit und Jugend im „Gefängnis DDR".

Meine Hoffnung, dass man bei der Gestaltung eines in Teilen zu verbessernden GG, Teile der DDR-Verfassung zumindest als hilfreich andenken könnte, erfüllte sich für mich also nicht.

»Bin ich, der Autor, möglicherweise viel zu kritisch?«, stelle ich mir nunmehr die Frage.

»Bin ich gar ein Pessimist und Schwarzmaler?«

»Man muss alles im Leben viel positiver sehen, „der Mensch" wird das schon irgendwie schaffen! Immerhin gibt es mit Deutschland seit 64 Jahren keine Kriege, und wir sind erstmals in unserer Geschichte „umzingelt" – nicht von Feinden, sondern nur von befreundeten Nationen«, so hört man es häufig von deutschen Mitbürgern.

Da muss ich mich bei meiner Selbstkritik schon fragen, ob ich denn die „richtige Sicht der Dinge" habe oder auch nicht.

denn:
»So gut wie heute ging es uns noch nie!«, hört man es beschwichtigend auch täglich aus dem Munde unserer Bundesregierung.

Und in das gleiche Horn stößt ja auch das deutsche Staatsoberhaupt, Herr Bundespräsident Joachim Gauck.

In seiner Weihnachtsansprache 2012 will er allen Deutschen Mut machen, ähnlich wie sinngemäß in seiner Antrittsrede zum Bundespräsidenten am 23. März 2012 sowie auch in seinen zahllosen Vorträgen zum Begriff „Freiheit" mit den sinngemäßen Worten:

»Unsere Demokratie ist so etwas Hervorragendes, dass sie uns alle mit Stolz erfüllen muss. Dieses von den Vätern des Grundgesetzes geschaffene Gebilde gibt unserem 80 Millionen Volk Sicherheit und Zuversicht für die Zukunft – es ist ein sicherer Hort!«

Der Herr BP fühlt sich offenbar ganz wohl im „Schlaraffenland" BRD – weil er erst vor „kurzem" das „Gefängnis DDR" verlassen hat, das zeitlebens sein Zuhause war. So vergisst er offenbar ganz, dass unsere Demokratie keinesfalls eine **sichere Sache** ist.

Obwohl man häufig von „Streitbarer Demokratie" spricht, mag aber auch der Ausdruck „Kämpfende Demokratie" Gültigkeit haben. Das, Herr BP, hätten Sie uns in Ihrer Weihnachtsansprache klar machen müssen.

»Unsere Demokratie ist kein für alle Zeiten fertiges, sicheres Gebilde«

Stattdessen haben Sie, Herr BP, uns viel vom Christkind und den weihevollen Stunden des Weihnachtsfestes erzählt.

Lassen Sie ruhig einmal Ihre pastorale Vergangenheit beiseite. Immerhin stehen Sie heute dem 80 Millionen Volk der Deutschen vor, sollten aber auch steter Mahner und Kritiker bezüglich des Tuns aller gewählten Volksvertreter sein – nicht umsonst stehen Sie im Rang weit über ihnen.

Demokratie ist eben kein sicherer Hort für alle, sondern muss immer wieder gegen äußere und innere Feinde verteidigt werden.

»Demokratie muss aber als ein „heiliges" Gut auch weiter entwickelt werden«

Was wäre gewesen, wenn Sie, verehrter Herr BP, in Ihrer Weihnachtsansprache nur das folgende Werbeplakat der CDU (siehe Abb. 6) zum Anlass genommen hätten, zu uns zu sprechen – hochaktuell, denn Millionen warten auf eine Antwort bei der Frage:

»Was wird aus meinem Europa?«

Heute, am 25. März 2013 fließen schon wieder Milliarden Euro von uns Steuerzahlern in ein fremdes Land, zur Verfügung für Kapitalisten und Spekulanten großer mächtiger Banken.

»Wie soll man diesen Vorgang eigentlich nennen, Herr BP?«

Nicht eine Verteilung von oben nach unten findet statt, nein, es ist eine Verteilung von unten nach oben!

SOZIALISMUS UMGEKEHRT!

Hören Sie es auch krachen, verehrter Herr BP? Ja, sie hören es auch krachen – wissen aber nicht, woher das Geräusch kommt?

Hier die Antwort:
»Das unangenehme laute Geräusch kommt aus Berlin, wo sich soeben KARL MARX in seinem Grab umdreht.«

Wie wir alle wissen, ist die CDU nicht gerade ein Verfechter des Kommunistischen Manifestes von Karl Marx.

Doch erklären Sie uns, Herr BP, wie die CDU als Regierungspartei dazu kommt, den „sozialistischen Gedanken der Menschheit" derart pervers umzugestalten. Wie kommt die CDU auf dem obigen Wahlplakat dazu, nur wenige Jahre später die Sache völlig zu verdrehen und das gegebene Wahlversprechen zu brechen? Das Furchtbare:

Nicht die 362.000 Millionäre in Deutschland (www.n-tv.de/Boston Consulting in Dollar) und die über 100 Milliardäre unterstützen die Friseurin und die Verkäuferin, nein, die Friseurin und die Verkäuferin werden vom Deutschen Bundestag gezwungen, Millionäre und Milliardäre in dem fremden Land Zypern zu unterstützen – wie schon zuvor auch in Griechenland und Irland.

Die Friseurin, die noch nicht einmal einen garantierten Mindestlohn hat und nach ihrem Berufsleben keinesfalls auf eine ausreichende Altersversorgung hoffen darf, diese Friseurin muss aus ihrer Lohnsteuer **Reiche** und **Superreiche** bei ihren Transaktionen auf Banken und Börsen stützen, damit diese weiterhin ihren Reichtum mehren – allein häufig durch spekulatives Hin- und Herschieben gewaltiger Geldmassen.

Dies, Herr BP, wäre ein tolles Thema für Ihre Weihnachtsansprache gewesen – der Widerspruch zwischen dem Text auf dem CDU-Wahlplakat und der Milliarden-Überweisung bald danach auf Anweisung auch von BK A. Merkel und Wirtschaftsminister K. Schäuble.

Die Behandlung dieser Thematik in Ihrer Weihnachtsansprache, Herr BP, hätte uns Millionen der „Kleinen" sicher beruhigt, falls Sie mit Ihrem Präsidentenbonus uns klar gemacht hätten, dass die komplette Umkehr der CDU-AUSSAGE von 1999 auf dem Wahlplakat keine Wahllüge der CDU ist, sondern, dass eine ganz kurzfristig eingetretene Notwendigkeit bestand, diese 100 %ige Kehrtwendung zu vollziehen.

Was kostet uns der EURO?

a) Muß Deutschland für die **Schulden anderer Länder** aufkommen?

Ein ganz klares Nein! Der Maastrichter Vertrag verbietet ausdrücklich, daß die Europäische Union oder die anderen EU-Partner für die Schulden eines Mitgliedstaates haften. Mit den Stabilitätskriterien des Vertrags und dem Stabilitätspakt wird von vornherein sichergestellt, daß die Nettoneuverschuldung auf unter 3% des Bruttoinlandsprodukts begrenzt wird. Die Euro-Teilnehmerstaaten werden daher auf Dauer ohne Probleme ihren Schuldendienst leisten können. **Eine Überschuldung eines Euro-Teilnehmerstaats kann daher von vornherein ausgeschlossen werden.**

Abb. 6   „Was kostet uns der Euro?"
Wahlplakat der CDU von 1999
(Quelle: http:// politropolis.wordpress.com/2012/08/11/muss-deutschland-...)

Da auch von Ihnen in dieser wichtigen Angelegenheit kein klärendes Wort erfolgte, sind wir nun alle unsicher, sehr verehrter Herr BP!

»Wir haben Angst um die Kaufkraft unseres Geldes!

Wir haben Angst um unsere Altersversorgung!

Wir haben Angst um Europa!

Wir haben aber auch kein Vertrauen mehr in unsere Volksvertreter – hier die Regierenden der CDU!«

Was ist Demokratie denn wert, wenn das soeben Vorgetragene überhaupt passieren kann?

Allein die Behandlung dieses Themas durch Sie, Herr BP, wäre möglicherweise geeignet gewesen, uns „Kleinen" Zuversicht zu geben.

Sie, Herr BP, mit Ihrem pastoralen Wort hätten es sicher vermocht, uns die Angst vor der Zukunft ein wenig zu nehmen.

Auf der anderen Seite hätten Sie aber auch in Ihrem Verständnis vom Idealwert unserer Demokratie abrücken müssen. Die Störgrößen, die von Innen und von Außen auf das Gebilde „Demokratie" einschlagen können, machen es angreifbar, weil es zerbrechlich ist.

Geben Sie, Herr BP, uns Millionen „Kleinen" die Möglichkeit, das „Große Ganze" wieder zu verstehen und zu durchschauen.

Verlegen Sie, Herr BP, nicht nur Ihre Kraft auf die nächste Wahl zum Bundespräsidenten, sondern legen Sie als ehemaliger Pastor insbesondere Gewicht auf die Nöte der „Kleinen".

Wir „Kleinen" müssen wieder verstehen, was los ist, doch dazu benötigen wir jemanden, der **„UNSERE SPRACHE"** spricht und sich nicht hinter Fremdwörtern und Leerformeln versteckt .

»…Dann werden wir auch Ihnen folgen im Kampf um unsere Demokratie. Darauf können Sie sich verlassen, Herr Bundespräsident…«

Wenn auch das Wort „Führer" seit einem gewissen Herrn Hitler einen ganz negativen „Anstrich" bekommen hat, so seien Sie, verehrter Herr BP, doch zumindest für uns 80 Millionen so etwas wie ein „geistiger und moralischer Führer".

Seien Sie so etwas wie ein Vater, der sein Kind führt – ein „väterlicher Führer" für uns alle.

Vertreten Sie uns nicht nur nach außen, sondern auch nach innen. Wir Deutschen benötigen an der Spitze unseres Staates dringend, möglicherweise so dringend wie noch nie zuvor, eine besondere Persönlichkeit:

»Eine kämpfende, alles in Frage stellende kritische außergewöhnliche Persönlichkeit,

keinen HARMONIEPOLITIKER!«

Wenn auch „die Scheubles" und „die Merkels" das bemerken, dann werden sie in Zukunft wie auch die Politiker anderer Parteien viel vorsichtiger agieren.

Sie wissen, dass sie zukünftig nicht nur das Volk gegen sich haben werden, falls sie wieder ihre Wahlversprechen nicht einhalten, sondern auch den mächtigen Verbündeten der über 80 Millionen Bürger. Hier dürfte man dann von einem

»neuen vertrauensvollen Bündnis zwischen dem Deutschen Volk und seinem Bundespräsidenten.«

sprechen.

Wo sind nun die Männer und Frauen, die uns in Zukunft regieren sollen? Sind wir weiterhin angewiesen auf Frau Merkel, Herrn Seehofer und Herrn Rösler? – Es sieht zunächst ganz danach aus, als müsste unser 80 Millionen Volk auch weiterhin diesem politischen Trio folgen.

Nachdem sich der einstige „Hoffnungsträger" aus der politischen Richtung Frau Merkels, Herr von und zu Gutenberg, selbst „abgeschossen" hat und auch Herr Verteidigungsminister Thomas de Maiziére kräftig an gleicher Zielsetzung arbeitet, bleibt wohl für die Zeit nach Frau Merkel niemand in der CDU, der die Kanzlerin ersetzen kann.

Auch in der CSU sehe ich niemanden – oder vielleicht Herr Dr. Markus Söder, der, seitdem er Wirtschaftsminister in Bayern ist, ganz „zahm" geworden ist, vergleichbar Herrn Westerwelle in seiner Funktion als Außenminister.

Auch bei den Linken sieht es so aus, als wenn dort nur Frau Wagenknecht wäre, die sich sehr werbewirksam positioniert. Immerhin taucht sie regelmäßig in allen möglichen Talk Shows auf und redet dort ihr Wort zum „linken Spektrum" – wahrscheinlich aber wohl nur so lange, „wie sie ihre Nähe zu O. Lafontaine schützt.

Oder wird sie eines Tages die Vorbildperson, möglicherweise der neue Hoffnungsträger für Millionen Deutsche mit einem „sozialistischen Gerechtigkeitsdenken", sobald sie sich von ihrem „Ziehvater" Oskar innerlich freigemacht hat – immerhin hat ihre Partei bereits heute den Begriff des „Demokratischen Sozialismus" dem „Godesberger Programm" (1959-1989) der SPD entlehnt.

Gleichzeitig ist aber auch damit zu rechnen, dass „Die Linke" in der Wählergunst sowieso wieder gegen Null geht, sobald ihre Gründerväter O. Lafontaine und Gregor Gysi aus Altersgründen ausscheiden.

Möglicherweise sind aber die von Millionen ersehnten Politikertalente in der Partei der Grünen zu finden.

Immer wieder bringen es Renate Künast, Claudia Roth und Jürgen Trittin fertig, auf allen möglichen Shows ihr Geschwätz vom „Deutschen Multikulti-Staat" an Mann und Frau zu bringen.

Sie haben nicht, wie ich der Autor, die Sehnsucht, auch nach 300 oder gar 500 Jahren dem dänischen, finnischen, schwedischen oder deutschen Mädchen mit den langen blonden Zöpfen, blauen Augen und der hellen Haut wie „Milch und Honig" zu begegnen.

Doch herausragende Personen mit der Fähigkeit, unser „dümpelndes Staatsschiff" durch alle Hindernisse der Zeit zu manövrieren, sehe ich auch in der Partei der „Grünen" nicht.

Da sind dann noch die Freien Demokraten, die es in der Vergangenheit immer wieder fertigbrachten, in deutschen Regierungen mitzumischen. Dabei spielte es dann für sie überhaupt keine Rolle, ob sie mit der SPD oder CDU/CSU mitgingen. Wichtig war für dieses „Häuflein" mit häufig nur 5-6% deutscher Wählerstimmen (2009: 14,6%) immer wieder, die vielen Millionen deutscher Bürger, die von der Opposition vertreten werden, zu drangsalieren und ein großes Wort in der „Welt" mitzureden.

1982 zeigten die „Freien Demokraten" ihre absolute Unzuverlässigkeit, als sie BK Helmut Schmidt in den Rücken fielen und vom Koalitionspartner SPD zur CDU des Helmut Kohl überwechselten.

Heute, 2013, kann Minister Philipp Rösler sogar **Bundeskanzler** werden, falls Frau Merkel etwas zustößt und die CDU/CSU/FDP-Bundestagsabgeordneten ihn wählen – für mich, den Autor, ein Szenario des Schreckens!

Hat der kluge weitsichtige Wähler des Jahres 2013 erkannt, dass diese „Umfallerpartei" so gar nicht geeignet ist, wiederum in der zukünftigen Regierung des deutschen Volkes mitzuwirken?

Immerhin dümpelt die FDP bei den Umfragen zum Deutschen Bundestag derzeit im April 2013 bei 4,5%. 5% der Wählerstimmen wären aber erforderlich, um in den BT zu kommen.

So hat die FDP aber z. Zt. 5 Ministerposten von 15 im Kabinett „Merkel", wobei Herr Westerwelle unser 80 Millionen Volk sogar als Außenminister auf der politischen „Weltbühne" vertritt.

Eine kleine Partei, mit zur Zeit nur 4,5% von 100% aller Wählerstimmen zum Deutschen Bundestag, regiert mit den Ministern für Auswärtiges (G. Westerwelle), Wirtschaft und Technologie (P. Rösler), der Justiz (Sabine Leutheusser-Schnarrenberger), für Gesundheit (Daniel Bahr) und für wirtschaftliche Zusammenarbeit und Entwicklung (Dirk Niebel) das 80 Millionenvolk der Deutschen auf ganz wichtigen Politikfeldern.

Diese kleine, an sich unbedeutende Partei stellt einen erheblichen Machtfaktor dar, der mit seinen lediglich 93 Bundestagsabgeordneten und 5 Ministern die 39 Millionen deutscher Bürger, die man praktisch der Opposition zuschreiben kann, mit Gesetzen drangsaliert, die diese oft gar nicht haben wollen.

Die 290 Abgeordneten von SPD, Grünen und der Linkspartei können lediglich durch Kritik und über den Bundesrat auf die Gesetzgebung der Regierenden etwas Einfluss nehmen.

Soll diese Gruppe mit dem möglichen „BK P. Rösler" an der Spitze uns 80 Millionen tatsächlich regieren, falls Frau Merkel ausfällt? Bei diesen Aussichten für die kleine FDP kann man Frau Merkels Aussage durchaus nachvollziehen:

„Herr Rösler ist gerne Bundeskanzlerstellvertreter!"

Da sind ja aber noch die „Piraten" (Piratenpartei Deutschland, gegründet am 10. Februar 2006)) – eine ganz neue Partei. Besonders tritt bei dieser politischen Gruppierung, im Jahre 2012 der „Politische Geschäftsführer" Johannes Ponader ins öffentliche Rampenlicht.

Doch was sollen wir von einem Parteivorstandsmitglied halten, das im Interview bei dem Moderator Günther Jauch erst antwortet, nachdem es seine Parteigenossen per Internet befragt hat?

Erst danach ist der neue „Hoffnungsträger" der „Piratenpartei" dann bereit, die eingeholten Standpunkte seiner Internetfreunde zusammenzufassen und zu vertreten.

Eine eigene Meinung hat der Herr Geschäftsführer offenbar gar nicht!

Sieht so eine hoffnungsvolle deutsche politische Leitfigur aus?

Da ist dann noch als weitere zugelassene Partei, die Nationaldemokratische Partei Deutschland (NPD) zu nennen. Diese Partei ist in der heutigen Zeit als unbedeutend einzustufen, weil in Deutschland derzeit zumindest noch „weitestgehend stabile" politische und wirtschaftliche Verhältnisse vorzufinden sind.

Keiner vermag aber ihren politischen Erfolg ausschließen für eine Zeit, in der die Menschen unseres Volkes hoffnungslos wären.

Weltwirtschaftskrise, Inflation, Hunger und Arbeitslosigkeit – wie schon einmal gehabt 1927/1928 in der Weimarer Republik – wären schlechte Garanten für unsere hochgelobte Demokratie.

Volkskrankheiten, politische Wirren und kriegerische Handlungen anderer Nationen könnten die bedrückende Situation des deutschen Volkes noch verschärfen.

Wie Menschen in einer derartigen Notsituation reagieren, zeigt das auffällige Wahlverhalten des deutschen Volkes im Jahre 1933, als die deutschen Wähler bei den Reichstagswahlen ihrem neuen Hoffnungsträger Adolf Hitler mit seiner Nationalsozialistischen Deutschen Arbeiterpartei (NSDAP) 43,9% aller abgegebenen Stimmen bescherten – und das, obwohl zu diesem Zeitpunkt bereits ganz deutlich erkennbar war, dass A. Hitler und seine Gefolgsleute rücksichtslos, grausam, kriegerisch und absolute Hasser der Juden und aller Andersdenkenden waren.

Auch ich, der Autor, habe keine Vorstellung davon, was passieren würde – wie sich meine Mitmenschen verhalten würden – falls die NPD in solch einer wirren Zeit einen hochbegabten nationalistisch denkenden „Verführer" hervorbringen würde – mit der Fähigkeit, die Massen zu begeistern – vergleichbar jenem selbst ernannten „Führer" mit dem Namen Adolf Hitler. Dabei spielt es dann gar keine Rolle, ob dieses Schreckensszenario in 30, 100 oder erst in 300 Jahren Wirklichkeit würde.

Trotzdem halte ich persönlich es nicht für richtig, die NPD in der heutigen Zeit zu verbieten, wie es die deutschen Bundesländer beim Bundesverfassungsgericht (BVG) beantragt haben.

denn:

»Einen Feind kann man nur bekämpfen, wenn man weiß, wo er sich befindet. Sobald der Feind nicht mehr sichtbar im Untergrund agiert, weil verboten, ist er nur schwerlich, wenn überhaupt, zu kontrollieren.«

So denkt möglicherweise auch die „Regierung Merkel" (April 2013), denn man beabsichtigt nach jetzigem Kenntnisstand offenbar nicht, die Verfassungsklage der deutschen Bundesländer zu unterstützen.

Als vorletzte, auch für die nächste BT-Wahl zugelassene Partei nenne ich noch die „Alternative für Deutschland" (AfD), die am 21.3.2013 ihr Wahlprogramm für die kommende BT-Wahl vorgestellt hat, daraus einige Auszüge:

Bei dieser Partei scheint es sich um eine reine Protestpartei zu handeln, wobei besonders die folgenden Forderungen hervortreten:

- *„Wir fordern eine geordnete Auflösung des Euro-Währungsgebietes. Deutschland braucht den Euro nicht. Anderen Ländern schadet der Euro.*

- *Wir fordern, dass die Kosten der sogenannten Rettungspolitik nicht vom Steuerzahler getragen werden. Banken, Hedge-Fonds und private Großanleger sind die Nutznießer dieser Politik. Sie müssen zuerst dafür geradestehen.*

- *Wir bejahen ein Europa souveräner Staaten mit einem gemeinsamen Binnenmarkt (....)*

- *Parteien sollen am politischen System mitwirken, es aber nicht beherrschen.*

- *Wir fordern eine Neuordnung des Einwanderungsrechts. Deutschland braucht qualifizierte und integrationswillige Zuwanderung.*

- *Wir fordern ein Einwanderungsgesetz nach kanadischem Vorbild. Eine ungeordnete Zuwanderung in unsere Sozialsysteme muss unbedingt unterbunden werden. "*

Ob aus dieser Partei die „Leitfiguren" von morgen hervorgehen könnten, wage ich, der Autor, nicht zu beurteilen. Laut Forsa-Umfragen im Mai 2013 liegt die AfD bei 3% der Wählerstimmen.

An dieser Stelle nun einige Anmerkungen zu der wohl wichtigsten deutschen Partei, der SPD – zumindest nach meiner ganz persönlichen Einschätzung.

Man könnte aber auch anderer Meinung sein, zumindest für die Zeit nach dem 2. Weltkrieg.

denn:
Die Regierungszeit der SPD mit eigenen BK war wesentlich kürzer als die von CDU/CSU (siehe Abb. 2).

Seit der Entstehung der BRD 1949, sind bis heute 64 Jahre vergangen, in denen die SPD mit ihren Kanzlern

- Willy Brandt (21. Oktober 1969 bis 07. Mai 1974),
- Helmut Schmidt (16. Mai 1974 bis 01. Oktober 1982) und
- Gerhard Schröder (27. Oktober 1998 bis 21. Juli 2005)

insgesamt 20 Jahre die Geschicke der BRD bestimmen durfte.

Demgegenüber stellte 44! Jahre lang die CDU/CSU den Regierungschef.

Nun ist aber die SPD die älteste Partei Deutschlands. Die Sozialdemokraten möchten in diesem Jahr 2013 sogar ihre 150jährige Geschichte feiern.

Die Partei beruft sich dabei auf das Gründungsdatum des „Allgemeinen Deutschen Arbeitervereins (ADAV) durch Ferdinand Lassalle am 23. Mai 1863 in Leipzig.

Heute, 4 Monate vor der nächsten BT-Wahl am 22. September 2013, schickt sich Herr Peer Steinbrück an, der 4. SPD-Bundeskanzler der BRD zu werden.

Doch merkwürdig, ich der Autor, freue mich gar nicht auf die möglichen kommenden Regierungsjahre dieses Herrn.

Gestern, am 13.05.2013, stellte der Kanzlerkandidat (KK) der Sozialdemokraten 3 SPD-Leute vor, die die ersten seines sogenannten „Kompetenzteams" sein sollen. Ob die Kompetenz der beiden Herren und der Dame reichen würde, bei einem Wahlsieg Minister zu werden, sagte Herr Steinbrück bisher leider nicht. Dieser „neue Hoffnungsträger" der SPD begründete die Auswahl dieser drei Personen damit, dass sie ein weites **Wählerspektrum** abdecken würden.

Mir lief es eiskalt den Rücken herunter, als da in übertragenem Sinne 2 „Bullen" und eine „Leit-Kuh" ausgewählt wurden, weil man hofft, dass möglichst viele unterschiedliche „Rinder" hinterherlaufen - rote, schwarze, gelbe und auch grüne.

Wird so die gesamte Mannschaft der 15 Ministeranwärter aussehen – Lockfiguren für alle Schichten des Volkes?

Es wäre etwas anderes, falls der SPD-Kanzlerkandidat eine große Idee hätte, von der das ganze Volk profitiert, und er für die Verwirklichung dieser Idee kompetente Experten für verschiedene Fachgebiete suchen würde – doch der KK der SPD hat offenbar gar keine „Gesamtidee".

Genau so ideenlos ist auch sein sogenanntes „Regierungsprogramm 2013 bis 2017".

Daraus auszugsweise:

Kanzlerkandidat und Partei formulieren im Programm der SPD folgende Ziele	**Der Autor sagt, folgende Formulierungen und Ziele wären besser**
Finanzkapitalismus bändigen	**kein weiterer Euro an Großbanken und Großkapitalisten**
Wirtschaft und Mittelstand stärken	**wir brauchen echte Mitbestimmung in den Betrieben**
gute Arbeit schaffen	**Sklaventum wie Leiharbeit, Zeitarbeit und Werkverträge zum Zwecke von Lohndumping werden verboten**
	der Niedriglohnsektor ist unmoralisch und wird deshalb schrittweise abgeschafft
miteinander für soziale Marktwirtschaft	**eine Marktwirtschaft, in der allein das Kapital das Sagen hat – Arbeitnehmer aber als Abhängige gezwungen werden, ihre Arbeitskraft, ihr Wissen und ihre Gesundheit auf Zeit**

	zu verkaufen – kann nicht als „sozial" bezeichnet werden
	deshalb:
	Der Begriff „Soziale Marktwirtschaft" wird gestrichen
Jugendpolitik	neues Ministerium für Jugend und Ausbildung schaffen
	Bundesbeauftragten für „Berufliche Bildung" ernennen (damit mehr Kontrolle der Regierung)
gute Arbeit, gute Rente	menschenwürdige Arbeit mit der jährlichen Aufteilung aller Gewinne, zunächst der Großfirmen, zu 50 % auf die „Arbeitgeber" und zu 50 % auf die „Arbeitnehmerschaft" unter der Voraussetzung:
	Kapital und Arbeit sind gleichberechtigt
	sichere und ausreichende Rente im Alter
Demokratie als Gesellschaftsform	„Demokratischer Sozialismus" als neues Gesellschaftsprinzip unter der Voraussetzung: Schaffung der „Neuen Deutschen Verfassung" durch Zustimmung aller wahlberechtigten Bürger in Deutschland

An dieser Stelle muss gefragt werden, was denn den Herrn BK-Kandidaten der SPD umtrieb, als er sich selbst 2012 mit Hilfe seiner beiden „Mitstreiter" S. Gabriel und F. W. Steinmeier vor den Karren seiner 470.000 Mitglieder-Partei spannte, obwohl im klar sein musste, dass er sich schon vor seinem „Kürlauf" selbst disqualifiziert hatte!

Das scheint auch die Statuette des großen Willy Brandt bemerkt zu haben (Foto auf Seite 6, Abb. 1):

»Man hat den Eindruck, als würden die gespreizten Finger der ausgestreckten Hand Willy Brandt`s, im nächsten Augenblick voller Enttäuschung kraftvoll in das „Haupthaar" des so selbstsicheren SPD-KK greifen!«

Es ist bekannt, dass Herr P. Steinbrück seit seiner Wahl zum Bundestagsabgeordneten im Jahre 2009 eine überaus rege Tätigkeit als Vortragsredner zu wirtschaftlichen Themen entwickelte, die nichts mit seinen parlamentarischen Aufgaben zu tun hatten.

Der Bundestagsabgeordnete Peer Steinbrück hielt nach eigenen Angaben die folgenden Vorträge mit den angegebenen geldlichen Vergütungen:

Nebeneinkünfte des KK Peer Steinbrück

	Jahres-angabe	Anzahl der Vorträge	Brutto-Honorare in Euro gesamt	Honorar pro Vortrag
I.	2009	06	90.000,00	06 x 15.000
II.	2010	41	551.722,69	34 x 15.000
III.	2011	32	460.100,00	24 x 15.000
IV.	2012	10	150.000,00	10 x 15.000

Tabelle: Persönliche Angaben des Herrn Steinbrücks zu seinen Nebeneinkünften

Zu II   7 Vorträge mit insgesamt   41.722,69 Euro Honorar
Zu III   8 Vorträge mit insgesamt   100.100,00 Euro Honorar

(Quelle: 2012 Warth & Klein Grant Thornton AG Wirtschaftsprüfungsgesellschaft)

Die Vorträge wurden u. a. gehalten vor Großbanken, wie der Deutschen Bank, Sparkassen, Volksbanken und Großfirmen.

Es erhebt sich in diesem Zusammenhang die Frage, wie Herr Steinbrück bei dieser Häufigkeit von Vorträgen im In- und Ausland noch Zeit fand, sich um sein Bundestagsmandat zu kümmern. Besonders aktiv musste er ja auch gar nicht sein, denn er fristete sowieso sein Bundestagsdasein als unbedeutender Hinterbänkler seiner Partei.

Hauptsächlich auch aus diesem Grunde stellt sich die Zusatzfrage, weshalb denn die SPD-Vorstandsmitglieder S. Gabriel und F. W. Steinmeier gerade diesen Herrn zum Kanzlerkandidaten bestimmen konnten, um ihn danach vom Parteivorstand und Bundesparteitag der SPD bestätigen zu lassen.

Ein Mann, der in den letzten 3 Jahren seiner Wahlperiode damit beschäftigt war, Vorträge für die „Bestückten" vorzubereiten und zu halten, kann sich ja wohl nicht das Mandat zum SPD-KK durch besonders aktive Tätigkeiten in den Gremien der SPD verdient haben.

Weshalb haben Herr Gabriel und Herr Steinmeier nicht schon vorher, über die letzten 2-3 Jahre, unter den 470.000 SPD-Parteimitgliedern und insbesondere unter den 34 Vorstandsmitgliedern nach einem besonders geeigneten KK für ihre Partei gesucht?

Es stellt sich noch zusätzlich die Frage, weshalb denn die 470.000 Parteimitglieder an dem Vorgang der Suche bis hin zur Nominierung des KK nicht mitwirken durften?

Eine Person, die an ganz zentraler Stelle die Weichen für ein 80 Millionenvolk für Gegenwart und Zukunft stellen soll, wird von nur 2 Figuren „ausgeguckt" – möglicherweise sogar am Biertisch.

Die Folge:
Man befindet sich 4 Monate vor dem 22. September 2013 in dem wohl blassesten SPD-Wahlkampf aller Zeiten

– Blasser Kandidat und blasses Regierungsprogramm!

Man ist in einer Situation, in der offenbar nicht einmal die eingetragenen SPD-Mitglieder ihrer durch das genannte Trio ernannten „Führungsperson", folgen.

Eigentlich ganz verständlich:
Denn Herr Steinbrück hat zwar die Bürger gebeten, ihm bei der Formulierung seines Wahlprogramms zu helfen – die „470.000 Treuen" seiner SPD befragte er offenbar nicht.

So ist es kein Wunder, wenn sich dann die eigenen Leute in Scharen von diesem KK abwenden,

denn:

> ...man durfte weder am **Wahlprogramm**
> noch bei der **Auswahl des KK** mitwirken
> – mit der Folge,

dass man den „sozialdemokratischen Gedanken"

weder bei den Parteioffiziellen noch in der Argumentation des KK

wiederfindet,

...sicher eine erneute bittere Enttäuschung für die eigene SPD-Gefolgschaft!

Laut der Umfrage einer großen Zeitschrift sprach das Fernsehen heute am 16.04.2013 nur noch von einer der SPD zugetrauten Regierungskompetenz von 9% – dagegen 33% für die CDU/CSU.

Die SPD meint wohl, es genüge, an den Prozentzahlen der Steuern ein wenig herumzudrehen und ein paar salbungsvolle Worte zu Umwelt, Bildung, Jugend und einigen anderen Themen zu sagen – dann würde man die Wahl schon gewinnen.

Das genügt aber auf keinen Fall!

Auf diese Idee der Hervorhebung des „Sozialen Gedankens" sind alle anderen Parteien auch schon gekommen.

Vielleicht wartet man ja auch auf eine „Überschwemmung" in besonders gefährdeten Landstrichen wie Sachsen, Thüringen und dem Donaugebiet. Dabei könnte dann der SPD-KK seine Volksnähe unter Beweis stellen und auf Stimmenfang gehen – möglicherweise hat Herr Ex-BK Schröder seine Gummistiefel in weiser Voraussicht bereits zur Verfügung gestellt.

Zu bedenken ist allerdings, dass Frau BK Merkel bei dem Besuch der leidenden Bevölkerung in den Überschwemmungsgebieten die Macht hätte, mit vielen Millionen – ja sogar mit Milliarden Euro – zu helfen.

... Herr KK Steinbrück hätte im Gegensatz dazu, **nichts!** ...

Er käme mit leeren Händen, was ihm durchaus die Zornesröte ins Gesicht steigen lassen könnte, mündend in der Einsicht:
»Meine unbefriedigende Position in diesem Wahlkampf verdanke ich allein meinem Parteifreund Gerhard Schröder, weil dieser am 01. Juli 2005 die Regierungsgewalt leichtfertig ohne jede Not einfach wegwarf:

- nun bin ich nur ein ohnmächtiger „Kandidat", der lärmend auf der Stelle tritt,
- ein KK, dem auch die Gummistiefel und die Arbeits-Kombi des Ex-BK Gerhard Schröder nichts mehr nützen!«

Und so mag man durchaus verstehen, wenn der SPD-Vorstand, möglicherweise ein wenig „Pep" in den zähen stupiden Wahlkampf des Jahres 2013 bringen möchte:

- Der Parteivorsitzende S. Gabriel fordert im Mai, die Höchstgeschwindigkeit auf deutschen Autobahnen auf 120 Kilometer pro Stunde zu begrenzen.

Der KK widerspricht vehement und hat seinen großen Auftritt, weil er zum 1. Mal die Stimme des Volkes trifft.

Man könnte amüsiert sein, ob so viel „guter Zusammenarbeit" zwischen Parteivorsitzendem und KK – doch das SPD-Wahlkampfteam frohlockt:

Man hat einige Tage Ruhe und

- kann vom „unglücklichen" KK und vom „unglücklichen" Regierungsprogramm ablenken.

Anmerkung des Autors:

»Auf einer so hohen Ebene einer Partei, in einer derart schwierigen Situation des Bundestagswahlkampfes erscheint der angebliche Zwist zwischen dem Parteivorsitzenden und dem KK eher als Wahlkampftrick, um den KK endlich mal nahe der Volksseele zu präsentieren!«

Wenn Sie, Herr KK Steinbrück, anstatt 89 Tage zu vergeuden, Kapitalisten Ratschläge mit dem Ziel zu geben, aus der Arbeitnehmerschaft noch mehr an Leistung „herauszukitzeln", sondern stattdessen in den vielen Ortsvereinen Ihrer SPD, den Mitgliedern auf unterster Parteiebene Ihre „Idee" nähergebracht hätten, dann würde man Ihnen vertrauensvoll überallhin folgen – man würde voller Hingabe bei Nachbarn, Arbeitskollegen und Freunden für die „Idee" des sozialdemokratischen KK werben.

**»Doch alle vermissen „Die große Idee"
für das kommende Jahrzehnt!«**

Oder glaubt der KK allen Ernstes, mit der Forderung einer Mautgebühr auf Autobahnen, so geschehen etwa um den 18. Mai 2013, den mauen Wahlkampf mit einer zündenden Idee zu beleben?

Weiß der KK nicht, dass bei uns Millionen Wählern bei solchen Steuererhöhungsforderungen alle Alarmglocken läuten – auch wenn wir nicht direkt betroffen sein sollten?

Für welche Partei wirbt dieser KK eigentlich – sich selbst und der SPD tut er doch nun wirklich keinen Gefallen!

» – unglücklich, unglücklich, wie alles Herr Steinbrück, was Sie anfassen!

Bitte, bitte Herr Steinbrück – beteiligen Sie sich nach dem Scheitern Ihres Wahlkampfes 2013 auf keinen Fall an dem „Kürlauf" des neuen KK für die Wahl zum 19. BT – möglicherweise unter Mitwirkung Ihres Vorbildes Ex-Kanzler Gerhard Schröder.«

Ich befürchte, wenn sie noch eine Stimme bei der Auswahl eines zukünftigen KK hätten, dass durchaus Personen wie der Regierende Bürgermeister von Berlin Klaus Wowereit oder gar die SPD-Generalsekretärin Andrea Nahles zu neuen Hoffnungsträgern der SPD werden könnten, mit der Folge:

> **»Nach dem Wirken des Ex-BK Gerhard Schröder**
> **und des EX-KK Peer Steinbrück**
> **fällt die Sozialdemokratische Partei Deutschland**
> **mit ihrem neuen KK Klaus Wowereit oder Kanzlerkandidatin**
> **Andrea Nahles - vergleichbar einem Erdrutsch - in die**
> **absolute Bedeutungslosigkeit des bundesdeutschen**
> **Parteienspektrums!«**

Sie, Herr Peer Steinbrück, haben offenbar gar nicht verstanden, dass ein Bundeskanzler der großen Volkspartei SPD ein wenig mehr können muss, als nur an einigen „Rädchen" der Wirtschaft, möglichst zum Wohle von Kapital und Großunternehmern, zu drehen.

Eines ist schon heute klar:
Sie werden, wie bereits angedeutet, keine Bundestagswahl gewinnen, allein aus dem Grunde nicht, weil auch Sie sich nicht, wie schon Ex-BK Schröder, mit der „Linken" verbünden wollen.

O. Lafontaine, G. Gysi, die Parteimitglieder und große Teile der linken Wählerschaft waren einst Ihre SPD-Wähler, das haben Sie wohl vergessen! Anstatt um jeden Wähler der Linken zu kämpfen, brüskieren Sie nicht nur die „Linke Partei", sondern auch Ihre Wähler.

Genauso verhält es sich mit den Anhängern der „Grünen," die schon in Scharen zu Zeiten von Helmut Schmidt und Gerhard Schröder die SPD verließen.

Ein weiterer „Batzen" enttäuschter SPD-Anhänger dürfte heute mit der CDU/CSU sympathisieren – und der „Rest" hat sowieso von Ihrer Partei „die Schnauze voll" und geht gar nicht mehr zur Wahl.

Der Ausdruck „Schnauze voll haben", ist nicht von mir erfunden, sondern allerorten im Zusammenhang mit Ihrer Partei als ein Ausdruck im „Volksmund" zu hören – deshalb mag man auch mir diese etwas derbe Formulierung verzeihen!

Ich weiß wirklich nicht, was Sie am 15. Mai 2013 „geritten" hat mit der folgenden Aussage im Fernsehen:

>»Auf heutige Wahlumfragen kann man sich gar nicht verlassen, denn ein Großteil meiner

Wahlfreunde hat sich noch gar nicht zu erkennen gegeben sie befinden sich in der **„Warteschleife!"**«

»Wie gut, dass Sie, Herr KK, sich nicht entmutigen lassen und es immer wieder fertigbringen, uns „Kleine", das Volk, trotz aller Trauer um die Sache, wiederum zum Lachen zu bringen.«

Da Sie, verehrter Herr KK, offenbar **nichts** begriffen haben, erlaube ich mir, Ihnen einmal kurz nahezubringen, was Sozialdemokraten bereits 1959 in ihrem damaligen Parteiprogramm auf „ihre Fahne" geschrieben haben:

„Grundsatzprogramm
der Sozialdemokratischen
Partei Deutschlands

Beschlossen vom Außerordentlichen Parteitag
der Sozialdemokratischen Partei Deutschlands
in Bad Godesberg
vom 13. bis 15. November 1959"

(Quelle: Friedrich-Ebert-Stiftung e. V. Bonn, Bibliothek, INV-Nr. 31.900)
Herausgeber: Vorstand der Sozialdemokratischen Partei Deutschlands,
Bonn 11/39.

An dieser Stelle einige Auszüge:
„Das ist der Widerspruch unserer Zeit, dass der Mensch die
Urkraft des Atoms entfesselte und sich jetzt vor den Folgen
fürchtet:

- *dass der Mensch die Produktivkräfte aufs höchste entwickelte, ungeheure Reichtümer ansammelte, **ohne allen** einen gerechten Anteil an dieser gemeinsamen Leistung zu verschaffen*

- *dass der Mensch sich die Räume dieser Erde unterwarf, die Kontinente zueinander rückte, nun aber in Waffen starrende Machtblöcke die Völker mehr voneinander trennen als je zuvor und totalitäre Systeme seine Freiheit bedrohen.*

- *Darum fürchtet der Mensch, gewarnt durch die Zerstörungskriege und Barbareien seiner jüngsten Vergangenheit, die eigene Zukunft, weil in jedem Augenblick an jedem Punkt der Welt durch menschliches Versagen das Chaos der Selbstvernichtung ausgelöst werden kann.*

- *Aber das ist auch die **Hoffnung** dieser Zeit, dass der Mensch im atomaren Zeitalter sein Leben erleichtern, von Sorgen befreien und **Wohlstand für alle** schaffen kann, wenn er seine täglich wachsende Macht über die Naturkräfte **nur für friedliche Zwecke** einsetzt;*

- *dass der Mensch den Weltfrieden sichern kann, wenn er die internationale Rechtsordnung stärkt, und das Wettrüsten verhindert;*

- *das der Mensch dann zum ersten Mal in seiner Geschichte jedem die Entfaltung seiner Persönlichkeit in einer gesicherten Demokratie ermöglichen kann zu einem Leben in kultureller Vielfalt, jenseits von Not und Furcht.*

- *Diesen Widerspruch aufzulösen, sind wir Menschen aufgerufen. In unsere Hand ist die Verantwortung gelegt für eine glückliche Zukunft oder für die Selbstzerstörung der Menschheit.*

- *Nur durch eine neue und bessere Ordnung der Gesellschaft öffnet der Mensch den Weg in seine Freiheit.*

Diese neue und bessere Ordnung erstrebt der

DEMOKRATISCHE SOZIALISMUS. "

Und weiter aus dem „Godesberger Programm der SPD", zitiert extra für Sie, Herr KK Steinbrück:

„[...] Die Marktwirtschaft gewährleistet von sich aus keine gerechte Einkommens- und Vermögensverteilung.

Dazu bedarf es einer zielbewussten Einkommens- und Vermögenspolitik.

Einkommen und Vermögen sind ungerecht verteilt.

- *Das ist nicht nur die Folge massiver Vermögensvernichtung durch Krise, Krieg und Inflation, sondern im wesentlichen die Schuld einer Wirtschafts-und Steuerpolitik, die die Einkommens-und Vermögensbildung **in wenigen Händen begünstigt** und die bisher **Vermögenslosen benachteiligt** [...].*

*[...] Wer in den **Großorganisationen** der **Wirtschaft** die **Verfügung** über **Millionenwerte** und über **Zehntausende von Arbeitnehmern** hat, der **wirtschaftet** nicht nur,*

er übt Herrschaft über Menschen aus;

die Abhängigkeit der Arbeiter und Angestellten geht weit über das Ökonomisch-Materielle hinaus.

Wo das Großunternehmen vorherrscht, gibt es keinen freien Wettbewerb.

Wer nicht über gleiche Macht verfügt, hat nicht die gleiche Entfaltungsmöglichkeit,

er ist mehr oder minder unfrei [...].

[...] Die sozialistische Bewegung erfüllt eine geschichtliche Aufgabe. Sie begann als ein natürlicher und sittlicher Protest der Lohnarbeiter gegen das kapitalistische System. Die gewaltige Entfaltung der Produktivkräfte durch Wissenschaft und Technik brachte einer kleinen Schicht Reichtum und Macht, den Lohnarbeitern zunächst nur Not und Elend.

Die Vorrechte der herrschenden Klassen zu beseitigen und allen Menschen

Freiheit,
Gerechtigkeit und
Wohlstand

zu bringen – das war und das ist der Sinn des

SOZIALISMUS. "

Das, was die SPD hier am 13. bis 15. November 1959 sagte, stimmt haargenau auch noch am heutigen Tage, dem 23. Mai 2013, ist heute genauso gültig wie damals.

Für diesen, auf Kampf, Blut und unbändigem Gerechtigkeitsgedanken beruhenden 150-jährigen Ehrentag der Sozialdemokratischen Partei Deutschlands, erlaube ich mir, Ihnen, Herr KK Steinbrück, den folgenden Tipp zu geben:

…»Gehen Sie in Ihr SPD-Archiv in Bonn, tief unter der Erde, und lassen Sie sich einmal inspirieren von den „Großen der SPD" – Karl Liebknecht, August Bebel, Philipp Scheidemann, Kurt Schumacher, Erich Ollenhauer und Willy Brandt. Wenn Sie dann die rote SPD-Fahne streicheln, die vor genau 150 Jahren Ferdinand Lassalle am Gründungstag des

ALLGEMEINEN DEUTSCHEN ARBEITERVEREINS (ADAV)
in Leipzig küsste, dann mag durchaus auch auf Sie der Funke der „SPD-Gründerväter" überspringen. Wenn Sie dann **über** die sozialen Errungenschaften Ihrer Partei, den „Sozialen-Demokratischen Gedanken"

und die Idee des
„DEMOKRATISCHEN SOZIALISMUS"

in Zukunft vor Großbanken und Großkapitalisten referieren, dann wird auch das Volk voller Zuversicht bemerken, das der „Neue Peer Steinbrück" nunmehr auch hinter dem steht, was er sagt!

Wenn Sie dann bemerken, dass der Begriff **„Demokratischer Sozialismus"** von 1959 gar nicht einem revolutionären Gedanken entspringt – nein, man hat im Grunde lediglich aus dem Ihnen bekannten Wortgebilde **„Sozialdemokratische** Partei Deutschland"** das Doppelwort **»Sozialdemokratische«** herausgenommen, daraus zwei Wörter gebildet – **„sozial"** und **„demokratisch"** – und dann die Reihenfolge gewechselt.

Wenn Sie, Herr KK, dieses beherzigt haben, dann dürfte es Ihnen sicherlich nicht schwer fallen, in Ihrem Wortschatz die Begriffe

„WACHSTUM und GEWINNSTREBEN"
in ihrer Bedeutung herunterzustufen und die Wörter

„GLEICHHEIT UND GERECHTE VERTEILUNG
ALLER IRDISCHEN GÜTER AUF ALLE MITBÜRGER"
in ihrer Bedeutung heraufzustufen!

Wenn Sie, Herr KK, das können, dann werden wir Ihnen folgen und Sie unterstützen. Dann wird ein gewaltiger „Ruck" durch den größten Teil unseres 80-Millionenvolkes gehen, und die Mitgliederzahlen in der SPD mit Leichtigkeit wieder die Millionengrenze von 1976/77 erreichen und übersteigen. (Vergleiche dazu Abb. 2).

Falls Sie, Herr KK, das oben Gesagte nicht beherzigen, dann mögen Sie einsehen, dass es für Sie notwendig ist, bezogen auf den BT-Wahlkampf 2013, zu sich selbst die folgenden Worte zu sprechen:

»Ich war zur falschen Zeit am falschen Ort!«

»Alles auf unserer Erde vergeht«, sagt ein ungeschriebenes Gesetz. Auch die SPD ist dieser Gesetzmäßigkeit unterworfen.

Denken Sie um, Herr Steinbrück, und helfen Sie mit an vorderster Front, damit aus dem traurigen Rest der 470.000 SPD-Mitglieder der heute absturzgefährdeten SPD wieder die **„Große Deutsche Volkspartei"** des Jahres 1976 wird!

Auch Ihnen, Herr KK, muss doch das Schaubild der Abb. 2 zu denken geben – denn die Zeit der Gültigkeit des Godesberger Programms der SPD von 1959 bis 1989 zeigt doch ganz eindeutig den Höhenflug der Sozialdemokraten über diese drei Jahrzehnte (extra für Sie, Herr Steinbrück, knallrot hervorgehoben!):

über 30 Jahre stetig steigende und hohe Mitgliederzahlen

13 Jahre Regierungsgewalt der SPD-Bundeskanzler Willy Brandt und Helmut Schmidt als Folge einer immer größer werdenden Akzeptanz der IDEE des

„DEMOKRATISCHEN SOZIALISMUS"

nach dem Godesberger Programm von 1959 bis 1989!

EINE STANDORTBESTIMMUNG
Ungelöste Widersprüche der Menschen an 6 herausgehobenen Beispielen

Gott, die Liebe	–	Gott, das Böse!
Jesus, der Selbstlose	–	Jesus der Tiertöter!
Buddha, der große Lehrer	–	Buddha, der Angstmachende!
Alexander der Große, der mächtige Feldherr	–	Alexander der Große, der Völkermörder!
Karl der Große, der Staatengründer	–	Karl der Große, der Sachsenschlächter!
Hitler, der Geniale	–	Hitler der Zerstörer und Massenmörder!

Gott liebt alle Menschen, behütet sie und schenkt ihnen alles Schöne – wie Freude, Herzlichkeit und die Fähigkeit, die Wunder dieser Welt zu sehen und zu erkennen.

Gott ist aber auch böse, denn er lässt trotz seiner Allmacht zu, dass Menschen sich zu Millionen umbringen und auch die Tiere. Selbst Fressen der Schwachen durch die Starken gibt es in beiden Spezies – leider häufig damit verbunden, dass dem Unterlegenen bestialische Schmerzen zugefügt werden. Dabei empfinden die Menschen sogar oft noch große Freude beim Töten.

Gott lässt Kriege geschehen und unterband auch nicht das millionenfache Quälen sogenannter Hexen im Mittelalter. Gott hat bis heute nicht einmal dafür gesorgt, dass sich die katholische Kirche dafür entschuldigt, bei den damaligen Hexenverfolgungen durch die Inquisition *(gerichtliche Verhöre, verbunden mit grausamen perversen Folterungen)*, vorangegangen zu sein.

Papst Benedikt XVI und Papst Franziskus I können sich 2013 gar nicht einholen in ihren Lobpreisungen auf den liebenden Gott. Weshalb verleiht Gott nach mehreren Jahrhunderten den „Führungsfiguren" von über 1 Milliarde Katholiken nicht die Einsicht, das unmenschliche Wüten der katholischen Kirche des Mittelalters als großes Unrecht anzuprangern?

…Dieses Unrecht zuzugeben, wäre nicht nur Größe der Menschen, sondern auch Größe von Gott.

„Giordano Bruno (geb. 1548 in Nola, Italien gest.17. Februar 1600 in Rom) war ein italienischer Priester, Dichter, Philosoph und Astronom. Er wurde durch die Katholische Inquisition (spätmittelalterliche Gerichtsverfahren, unter Mitwirkung oder im Auftrage katholischer Geistlicher) der Ketzerei und Magie für schuldig befunden und vom Gouverneur von Rom zum Tod auf dem Scheiterhaufen verurteilt.

Am 12. März 2000 erklärte Papst Johannes Paul II. [...] **die Hinrichtung sei nunmehr auch aus kirchlicher Sicht als Unrecht zu betrachten.** *"*

(Quelle: http://de. wikipedia.org/wiki/Giordano_Bruno)

Weshalb blieb Gott auf halbem Wege stehen?

Weshalb vermittelte Gott, Papst Johannes Paul II nicht die Einsicht in die Notwendigkeit, den Gelehrten Giordano Bruno vollständig zu rehabilitieren? Weshalb gab Gott dem „Vertreter Petrus" nicht die Stärke, sich für das Unrecht seiner eigenen Katholischen Kirche an Giordano Bruno öffentlich zu entschuldigen?

denn:
… Der Astronom Giordano Bruno hatte seinerzeit niemanden geschlagen oder gar getötet – nein, sein „Verbrechen" bestand lediglich darin, dass er die Unendlichkeit des Weltraumes und die ewige Dauer des Universums postulierte ...

Jesus hat immer nur anderen geholfen und niemals etwas für sich selbst verlangt. Sogar am Kreuze sagte er:

»Vater vergib Ihnen, denn sie wissen nicht, was sie tun.«

Jesus hätte aber auch bitten können:

»Vater, nimm mich herunter von diesem fürchterlichen Kreuze. Gib mir klares Wasser zu trinken statt des furchtbaren Essigs, den mir die Wachsoldaten reichen!«

oder:
»Erlöse mich zumindest schnellstens von den mörderischen Schmerzen, die mir die stählernen Nägel in Füßen und Händen bereiten.«

Nein, Jesus forderte nichts für sich – er fand am Kreuze hängend im Rahmen, der ihm durch Menschen auferlegten bestialischen Tortur noch Zeit, die anderen beiden Todgeweihten, zwei Mörder, die neben ihm auch an Kreuzen hingen, zu trösten:

60

»Noch heute werdet ihr beim Vater im Himmel sein!«

Jesus ist aber auf der anderen Seite auch ein Tiertöter. Im Rahmen der Bergpredigt speiste er „die 5.000" fast ausschließlich mit dem Körper eines einzigen Fisches.

Da der Fisch ja wohl tot war und nicht lebend verspeist wurde, hat Jesus den Tod dieses Tieres zumindest billigend in Kauf genommen, wenn auch das Tier wohl nicht selbst totgeschlagen. Dabei spielt es überhaupt keine Rolle, dass Jesus für die Speisung der 5.000 nicht viele Fische benötigte, sondern nur einen.

Er tötet ein Tier, um es anschließend zu verspeisen – leider ein schlechtes Vorbild für die Menschen, die nun ganz beruhigt sagen können

»Wenn Jesus Tiere tötet und aufisst, dürfen wir das natürlich auch!«

In der Bibel steht zwar sinngemäß:

»Der Mensch sei Herr aller Dinge und auch der Tiere!«

Es steht aber nirgendwo zu lesen, dass er die Tiere auch aufessen darf – fangen, töten und dann verspeisen!

Buddha antwortet auf die Frage seiner Jünger nach der Ursache für das Unglück auf dieser Erde:

»Liebe Mönche, das Unglück auf dieser Erde rührt allein von der UNWISSENHEIT der Menschen her!«

Buddha vertritt eine harmonische Lehre – ganz im Gegensatz zum Christentum mit Glaubenskriegen, Hexenverfolgung und Irrlehren. Während der über 2.500 Jahre, in denen die Gedanken des weisen Buddha wirken, ist wegen seiner Verkündigung kein Tropfen Blut geflossen.

Buddha macht aber auch seinen Anhängern große Angst, denn jeder Mensch wird nach seinem Tod wiedergeboren – als kranker oder gesunder Mensch, als Mücke, Schabe, aber auch als von Räude befallener bedauernswerter Hund.

»Diejenigen, die zur absoluten Erleuchtung gekommen sind, so wie ich, der Buddha, gehen ein in das Nichts und bleiben deshalb verschont von immerwährender Geburt, beschwerlichem Leben als Tier oder Mensch und immer wiederkehrendem Tod.«, sagt der Buddha aber sinngemäß, wieder ein wenig versöhnend.

König Alexander hat es fertiggebracht, innerhalb von nur 10 Jahren ein Weltreich zu schaffen. Es war eine gute Sache, ausgehend von Griechenland und Makedonien, viele Länder, einschließlich Ägypten bis weit nach Indien hinein unter einem Herrscher zu vereinigen. Damit wurde zumindest eine Voraussetzung geschaffen, den ewigen Zwist kleiner Völker untereinander zu beenden. Das mag auch einer der Gründe sein, weshalb man ihn später „Alexander der Große" nannte.

Alexander hat aber auch sein Weltreich durch das Blut von Millionen begründet. Glück kann er den besiegten Völkern nicht gebracht haben – denn zuvor tötete er Väter, Ehemänner und die kampffähigen Jungen, um dann den Rest der Einwohner zu unterjochen und die Unfreiheit zu bringen.

Kaiser Karl, 800 n. Chr. in Aachen/Deutschland gekrönt, wurde später auch mit dem Zunamen „Der Große" geehrt. Sein wesentlicher Verdienst beruhte auf seinen Kriegen zum Zwecke, der Einigung deutscher Lande.

Karl der Große gilt aber auch als „Sachsenschlächter", weil er im Jahre 782 bei Verden an der Aller 4500 Sachsen dahingemeuchelt haben soll („Verdener Blutgericht").

Adolf Hitler, eine weitere bekannte Figur des Weltgeschehens, wird von manchen Zeitgenossen als ein genialer Vertreter der Spezies „Mensch" beschrieben.

Ja, ja, ich höre bereits jetzt das Geschrei, das einsetzt bei dieser Formulierung. Doch nennen Sie mir, verehrter Leser, auch nur eine Person aus der Geschichte der Menschheit, die fähig gewesen wäre, Gleiches fertigzubringen:

Anfang 1927 ist Adolf Hitler absolut am Boden. Die NSDAP, Hitlers Partei, ist praktisch zerschlagen – ohne jede Hoffnung auf irgendwelche Erfolge in der Zukunft (Neugründung: 27.02.1925). Die Anhängerschaft Hitlers ist verschwindend klein, zerstreut und damit völlig unbedeutend im Kampf um politische Macht. Hitler selbst ist seit dem 30. April 1925 staatenlos, da auf eigenen Antrag aus der österreichischen Staatsbürgerschaft ausgetreten. Er ist auch nach seiner Entlassung aus der Festung Landsberg zur Untätigkeit verdammt, weil mit einem Redeverbot für Bayern belegt.

Dieser Mann, 1927 ein „Nichts" mit „Nichts" wird nur 6 Jahre später am 30. Januar 1933 Reichskanzler des deutschen Volkes.

Adolf Hitler hat natürlich auch eine ganz andere Seite, wie wir alle wissen. Brutal, rücksichtslos und mit mörderischer Gewalt unterjochte er befreundete Länder. Mit dem Überfall auf Polen am 1. September 1939 löste er den 2. Weltkrieg aus – die größte Katastrophe der Menschheitsgeschichte mit 55-65 Millionen Toten.

6.000.000 Juden und Millionen Andersdenkende tötete er mit Hilfe seiner Schergen unter Zuhilfenahme von vielen Konzentrationslagern und Nebenlagern. Hitler tötete auch bis zu 50.000 **persönliche** Gegner und Kritiker.

(Nach neuesten Forschungen ließ Hitler etwa 50.000 persönliche Gegner töten, Quelle: Der Spiegel, Ein Menschenleben gilt für nix, Heft 43/1987, auch auf www.spiegel.de/spiegel/print/d-13525519.html)

Er nahm nicht einmal Rücksicht auf die familiären Bande zu seiner eigenen Cousine Aloisia Veit, die er am 06.12.1940 in der Gaskammer der Anstalt Hartheim töten ließ, weil sie wegen „Schwachsinnigkeit" nicht in seine Doktrin vom perfekten Arier passte. *(vergleiche:www.focus.de/politik/deutschland/hitler)*

Priestermord, Freundesmord bis hin zum millionenfachen Völkermord machen A. Hitler zum größten Mörder der Menschheitsgeschichte.

Von der Liebe Gottes sprach der scheidende deutsche Papst Benedikt XVI vor kurzem – und

»alles käme von Gott«, bestärkte er die Gläubigen immer wieder.

Doch dieser beliebte Papst brachte es in über 7 Jahren seiner „Regierung" nicht einmal fertig, sich für die Hexenprozesse der katholischen Kirche zu entschuldigen.

Also kommt dieses Böse auch von Gott, denn Gott ließ es geschehen, dass kirchlich-katholische Hexenjäger junge Mädchen, häufig rothaarig und etwas „verdreckte" Männer und Frauen mit Eisen und Feuer bestialisch quälten, um sie am Ende der Foltertortour auf dem Scheiterhaufen bei lebendigem Leibe zu verbrennen.

»Maria voller Gnade...«, höre ich noch die Worte dieses Papstes.

Papst Benedikt XVI soll als Kardinal vor seiner Berufung zum Papst die noch vorhandenen Prozessakten der Hexenprozesse in Rom verwaltet haben.

Das wäre ein großer Papst gewesen, der sich zum Ende seiner Amtszeit dafür entschuldigt hätte – für das Unrecht an den Millionen durch die katholische Kirche gequälten unschuldigen Opfern im Mittelalter!

Genauso hätte man erwarten können, dass sich der scheidende Papst auch für die sexuellen Übergriffe seiner Priester auf ihre schutzbefohlenen Kinder und Jugendlichen aus den letzten Jahren entschuldigt hätte. Dann hätte man ihm auch möglicherweise sein immer wieder „gesäuseltes"

»Maria voller Gnade « als ehrlich abgenommen.

Über das von Jesus geleistete „Gute" brauche ich mich an dieser Stelle nicht noch besonders auszulassen: Das Neue Testament ist voll von seinen selbstlosen Taten.

Doch leider gibt er ein schlechtes Beispiel bei der „Speisung der 5.000":

Dieses getötete Tier, ein Fisch, gibt den Menschen das moralische Recht, auch Tiere zu töten und dann zu verspeisen!

»Was der allmächtige Herr Jesus darf, dürfen wir kleinen Menschen natürlich auch.«

Ein fataler Fehler des Gottessohnes, denn der Mensch tötet seitdem alles, was da kreucht und fleucht und ist sich aufgrund des „Vorbildes" des Herrn Jesus auch gar keiner Schuld bewusst.

Jesus, Buddha, Alexander der Große und Karl der Große sind außergewöhnliche Menschen der Geschichte. Auch A. Hitler ist eine große Person der Zeitgeschichte – doch wie wir wissen aufgrund seiner bösen Taten im absolut Negativen.

Über Jesus und Buddha, ja selbst über Gott darf man durchaus auch Witze machen, denn alle drei stehen hoch über allen Dingen. Wenn wir kleinen Menschen auch häufig Scherze und Satire über sie verbreiten – keiner von ihnen würde auf die Idee kommen, er müsste uns zürnen.

Nur bei Adolf Hitler ist das anders:
Der selbst ernannte „Führer des Deutschen Volkes" ließ sogar Eugen Wasner 1943 zur Guillotine nach Berlin-Plötzensee führen, weil der kleine Gefreite an der Ostfront seinen Soldatenkameraden

erzählte, dass sein Schulfreund „Adi" (Hitler) als 9-Jähriger im österreichischen Leonding einem Ziegenbock ins Maul pinkelte.

Zu der Geschichte des E. Wasner gehört, dass sich der Ziegenbock bei der kindlichen Schandtat im Jahre 1898 auf der Stelle rächte und dem „Adi" in seinen Penis biss.

E. Wasner musste es wissen, denn er war Zeuge der kindlichen Schandtat: Er hielt damals den Ziegenbock fest, während sein Freund Bruno Kneisel das Ziegenbockmaul mit einem Stock aufsperrte.

»Darf man über den erwachsenen Unmenschen Hitler lachen?« - so fragt die Süddeutsche Zeitung im Internet, bezogen auf den Erfolgsroman „Ich bin wieder da" (eine Satire von Timur Vermes)

Die Antwort, von mir, dem Autor, lautet: **»NEIN!«**

denn:

Das bis heute noch mystisch verklärte Hitlerbild ließe sich dann niemals erhellen, mit der Gefahr, dass das Gesicht des wohl bösesten Menschen der Weltgeschichte im Sumpf der Jahrhunderte gänzlich verschwindet.

Trotz Tausender von Schriften und Büchern zum Phänomen „Hitler" sind wir Menschen dann zukünftig nicht in der Lage, uns gegenüber einem neuen politischen Führer à la Hitler zur Wehr zu setzen.

Falls wir dennoch über diese Person lachen und Witze machen verschwindet das Böse und überaus Grausame dieser Person und weicht einer nicht mehr sichtbaren Leere. Lachen schafft Distanz, trägt zur Verharmlosung bei.

Für uns Menschen – heute und morgen – sollte Charly Chaplin in dieser Angelegenheit als Vorbild dienen.

C. Chaplin, der vor 1945 ganz einzigartige Filmaufnahmen von „Hitler dem Deppen", schuf, sagt in seiner Biografie, kurz vor Ende seines Lebens:

»Solch witzige Filme von Hitler hätte ich niemals machen können, wenn mir seine unbegreiflich bösen Taten bekannt gewesen wären – insbesondere der Mord an über sechs Millionen Kindern, Frauen und Männern jüdischen Glaubens.«

Hitler war unglaublich brutal und rücksichtslos:

Der Priester Joseph Müller erzählte einen politischen Witz, bezogen auf Hitler und Göring – und landete deshalb auf dem Schafott.

Die eigene Cousine Hitlers wurde durch Heinrich Himmler und seine Mörder-SS umbracht, weil sie aufgrund von „Verstörtheit" nicht in das Bild vom „perfekten" Arier passte.

Hochdekorierte Generäle wie E. von Witzleben und andere zerrte man vor das Kriegsgericht und ließ sie zur Abschreckung an Fleischerhaken aufhängen, um ihnen auch den letzten Rest menschlicher Würde zu nehmen.

Mit den Widerstandskämpfern des 20. Juli 1944 machte die Hitler-Justiz kurzen Prozess oder trieb sie, wie z. B. Generalfeldmarschall Erwin Rommel, in den Tod durch Selbstmord.

Allein in Berlin-Plötzensee ließ A. Hitler, überwiegend von 1933-1945, 2.899 Regimegegner durch das Beil, den Strick und die Guillotine hinrichten.

»A. Hitler war so böse, dass es für das Wort „BÖSE" gar keine Steigerung mehr gibt«

Da die Gefahr des Auftauchens eines neuen „Hitlers" mit dem Auslöschen all unserer Freiheiten für die Zukunft keinesfalls gebannt ist, dürfen die Taten dieses größten Unmenschen der Geschichte keinesfalls verniedlicht werden. Wenn die Erwachsenen lachen über den größten Mörder und Zerstörer aller Zeiten, dann lacht auch der Jugendliche über das für ihn Unfassbare:

Die Gefahr, dass ein neuer „Hitler" nicht nur im Roman „Er ist wieder da" auftaucht, sondern in naher oder ferner Zukunft auch in der Wirklichkeit, ist keinesfalls gebannt!

Die Menschheit wäre durch Verniedlichung des Bösen eingeschläfert und deshalb nicht in der Lage, sich rechtzeitig zur Wehr zu setzen.

Egal wie man die sechs Beispiele von **„ungelöste Widersprüche der Menschen"** beurteilt, einschließlich der Gottes - so muss es aber möglich sein, diese Widersprüche ausführlich zu thematisieren.

Das gleiche Recht gilt natürlich insbesondere für Autoren, Filmemacher, Redakteure und Politiker aus allen Bereichen zu berichten, zu schreiben und kontroverse Ansichten zu vertreten.

Es darf keinerlei Verbote oder Einschränkungen bei einer allumfassenden Diskussion geben – das gilt natürlich für jeden, der z. Zt. 7 Milliarden Menschen auf unserer Erde – allerdings endet das praktische Umsetzen dieser weit gefassten Betrachtung in die Wirklichkeit an den von Menschen vorgegebenen Gesetzen, anderenfalls gäbe es nur Zwietracht und Chaos.

Wir brauchen keine „Harmonie-Politiker", aber auch keine „Ich-Menschen" wie G. Schröder und P. Steinbrück.

Wir brauchen aber auch keine Volksvertreter wie S. Wagenknecht (Die Linke) und Herrn Dr. P. Gauweiler (CSU), wenn sie ihrer Verpflichtung, im Gesetzgebungsorgan BT (Legislative) zu wirken, völlig unzureichend nachkommen.

„Es ist schon erschreckend, wenn wir hören, dass bei 207 namentlichen Abstimmungen seit 2009, Herr P. Gauweiler 117 Mal fehlte und Frau Wagenknecht 84 Mal.

Auch der Hinterbänkler Peer Steinbrück fehlte bei wichtigen BT-Sitzungen – allerdings nur „34" Mal. Auch ihm haftet das Schwänzer-Image nicht zu Unrecht an, denn er hielt in fast allen Fällen zeitgleich – bezahlte – Vorträge. "

(Quelle: vergleiche dazu: www.mopo.de/politik, Seite 2)

Dieser Trend bestätigte sich erst wieder kürzlich im Mai 2013. Es ging auf zwei Bundestagssitzungen um die Neuordnung der Bundeswehr und die „verkorksten" 600 Millionen für eine Beobachtungsdrohne sowie um die Suche nach Endlagern für 26 Castorfässer mit gefährlichem atomarem Inhalt.

Und wieder „glänzte" der Plenarsaal des Bundestages durch gähnende Leere, trotz der Wichtigkeit der zu beratenden Themen. Nur in den vorderen Reihen saßen, wie verloren, einige wenige Abgeordnete – und lauschten den völlig unbefriedigenden Aussagen ihres Verteidigungsministers und des Umweltministers.

»Geben Sie, verehrte Frau S. Wagenknecht und Sie, Herr Dr. Gauweiler Ihre BT-Mandate zurück,

...und rügen Sie, Herr Bundespräsident Gauck, auch die übrigen Schwänzer des Bundestages!«

Wir, das Volk, brauchen engagierte junge Leute und ältere Mitbürger mit großer Lebens-und Berufserfahrung.

Bundestagsabgeordnete, die häufig sogar bei wichtigen Abstimmungen, wie Auslandseinsätze der Bundeswehr oder ethischen Fragen, fehlen, blockieren ihr BT-Mandat und sind damit eine Belastung für unser Volk.

Für die Aufarbeitung aller Probleme, mit dem Ziel, Lösungsmöglichkeiten für unser Dasein zu finden, sind solche Bundestagsabgeordnete nach meiner Meinung nicht geeignet.

denn:
Die ihnen vom Grundgesetz (GG) gegebene besondere Garantie

»Jeder Bundestagsabgeordnete ist nur seinem Gewissen unterworfen«

haben sie nicht begriffen! Auch die Verpflichtung, die sich daraus gegenüber diesem Privileg ergibt, ist ihnen fremd!

Den Frieden auf der „Welt" zu bewahren, die Umwelt zu schützen, die Kaufkraft unserer Währung zu erhalten, den Menschen Sicherheit und auch ein angemessenes Einkommen zu gewähren – mithin allen möglichst ein sorgenfreies Leben zu garantieren – das ist unsere Gesamtaufgabe.

Umgang mit Raketen, Atombomben und Raketenschutzschildern an Gottes Himmel – das sind nur einige Damoklesschwerter, die über uns, den 80 Millionen, schweben.

Die „Wagenknechts", die „Künasts" und „Röslers" sind meines Erachtens nicht in der Lage, die Herausforderung unseres Daseins für Gegenwart und Zukunft zu bewältigen. Sie, die politischen Akteure von heute, sind sowieso nach ein paar Jahren verschwunden – doch wir, das Volk, wir bleiben mit unseren Problemen, allein gelassen von den Schwätzern des 21. Jahrhunderts.

Selbst auf unsere, so beliebte Kanzlerin A. Merkel ist kein Verlass:

In den vergangenen Jahren unterstütze sie mit all ihrer Kraft die Atomwirtschaft. Wo waren die warnenden Worte der Kanzlerin hinsichtlich der völlig unsicheren Atomkraftwerke mit der gefährlichen Strahlenenergie, die der Mensch keineswegs im Griff hat?

»Sie, Frau BK, haben ein abgeschlossenes Studium der Physik. Doch niemals haben Sie ein warnendes aufklärendes Wort für uns, die „Kleinen" Ihres Volkes, übrig gehabt«.

Heute, genauso wie vor Jahrzehnten, sucht man in Deutschland weiterhin nach sicheren Lagern für die Castor-Behälter mit dem atomaren Müll der Vergangenheit.

Voller Schrecken hören wir, dass der Atomabfall eine Million Jahre lang seine tödliche Strahlung behält.

Das wissen Sie, Frau BK, schon immer, aufgrund Ihres Physikstudiums. Doch niemals ein warnendes Wort von der „Atomfachfrau" Frau BK Merkel. Nicht einmal die Erinnerung an Tschernobyl hat Sie veranlasst, einzuschreiten. Erst der Knall in Japan - der Super-GAU japanischer Atomkraftwerke mit Schädigung und Bedrohung von Millionen Bürgern brachte Sie, Frau BK, zum Einlenken. Doch Sie gingen beim Abschalten deutscher Atomkraftwerke nicht voran, sondern machten sich erst für Windenergie und Sonnenstrom stark, als auch alle anderen in der Atomfrage umschwenkten. Sie gingen nicht voran, nein, Sie „schwammen auf der Welle" mit.

Ihnen muss auch bekannt sein, dass vor unserer Haustür im Ärmelkanal zahlreiche Fässer mit radioaktivem gefährlichen Atommüll am Meeresgrund lagern, sich aber auch teilweise bereits aufgelöst haben.

»Wo bleibt der empörte weltweit zu hörende Aufschrei unserer Kanzlerin, gefolgt von den Maßnahmen zum Schutze ihres 80 Millionenvolkes und der befreundeten Völker in der Nähe des Englischen Kanals«, so frage ich.

Schon bevor Sie BK wurden, hat sich uns allen Ihr stets schwankendes Weltbild gezeigt. Als es um den Irakkrieg ging, hatten Sie nichts Eiligeres zu tun, als nach Amerika zu reisen und Herrn Präsident G. W. Bush in „den Arm zu nehmen" und ihm damit in seinen Kriegsabsichten zu unterstützen. An diesem Beispiel zeigt sich, dass man auch ganz anders reagieren kann - ja muss.

BK G. Schröder hatte zu diesem Zeitpunkt offenbar gute Berater, denn er lehnte die Beteiligung am Krieg gegen den Irak ab, einen Krieg außerhalb deutscher Grenzen, auf fremdem Boden.

Die Quintessenz dieser Geschichte:
»Ein Freund sagt einem Freund,
dass Krieg nicht das richtige Mittel ist«.

BK Schröder sagt dem befreundeten Präsidenten G. W. Bush, was nach seiner Meinung richtig und was falsch ist.

Das, Frau Merkel, ist Freundschaft – nicht nur unter Personen, sondern auch zwischen befreundeten Ländern wie den USA und der BR Deutschland.

Wir brauchen die Mahner, die Vorausschauenden – nicht die JA-Sager und die Mitläufer, Frau BK Merkel.

Wir brauchen die Mitbürger, die keine Angst haben gegen den Strom zu schwimmen, die, die auch häufig im Volksmund als Schwarzmaler beschimpft werden – doch was ist ein Schwarzmaler?

Hier ein Beispiel in Form einer frei erfundenen Geschichte (siehe dazu Erklärung Seite 99):

Das Kreuzfahrtschiff mit 3500 Passagieren und 850 „Mann" Besatzung ist 240 Seemeilen von der „Insel" entfernt, an der es morgen früh um 08.00 Uhr weiträumig vorbeifahren soll. Während das Riesenschiff (275 Meter Länge, 45.000 Tonnen Wasserverdrängung) mit 20 Knoten (etwa 37 Kilometer pro Stunde) das Mittelmeer durchpflügt, ruft der Kapitän um 20:00 Uhr alle seine nautischen Offiziere auf die Kommandobrücke.

Die klare Order des Kapitäns an den 2. Offizier lautet:
»Herr Calaris, setzen Sie bitte einen neuen Kurs an, und zwar so, dass wir Punkt 08.00 Uhr morgen früh nicht, wie geplant, mit 15 Seemeilen Entfernung an „der Insel" vorbeifahren, sondern nur mit 50 Metern – allerdings mit der Geschwindigkeit „Ganz Langsam"«. Der Kapitän holt tief Luft, sieht seine Offiziere mit strengem Blick an und fährt fort:

»Wir sollen auf Wunsch der Reederei den Passagieren ein unvergessliches Erlebnis liefern, wenn unser Riesentraumschiff fast „die Insel" berührt. Unsere Reederei hat bei der großen Konkurrenz von Kreuzfahrtschiffen mit schwindender Buchungsnachfrage zu tun – deshalb für unsere Passagiere dieses einmalige „AHA"-Erlebnis und zugunsten der Reederei der Werbe-Kick«.

70

Bereits um 21.45 Uhr befiehlt der Kapitän erneut alle Offiziere auf die Kommandobrücke, nunmehr auf Wunsch des 2. Offiziers, des Hauptnavigators.

Der 2. Offizier beginnt:
«Herr Kapitän, ich habe den neuen Kurs in die Seekarte eingetragen – nur 50 Meter an der Insel vorbei.

Allerdings muss ich auf die Gefahr einer Kollision unseres Schiffes mit „der Insel" hinweisen.

Auf dem neuen von Ihnen befohlenen Kurs, gibt es auf der Seekarte, entlang der 3-Meilenzone „der Insel", überhaupt keine detaillierten Karteneintragungen. Ich schließe nicht aus, dass dieses wegen möglicher Untiefen und Unterwasserfelsen ein sehr gefährlicher Kurs ist.

Ich rate dringend von diesem Unterfangen ab, um nicht Schiff, Passagiere und Besatzung zu gefährden. Ich bitte, den Kurs 5 Seemeilen entfernt von „der Insel" neu eintragen zu dürfen, denn diesen Kurs lässt die Seekarte zu«.

Der 1. Offizier:
»Herr Calaris, wir beide fahren schon 4 Jahre zusammen auf denselben Schiffen. Immer wieder fallen Sie dadurch auf, dass Sie völlig abweichende Ansichten gegenüber den anderen Offizieren vertreten – häufig sogar gegenüber den Kapitänen. Sie sind nicht nur bekannt als ein vorsichtiger Navigator, sondern nunmehr auch als ein ängstlicher Navigationsoffizier.

Sie haben gehört, dass der Kapitän auf Wunsch der Reederei seinen Gästen etwas Besonderes bieten soll.

Alle Offiziere unterstützen die Order ihres Kapitäns. Wir haben eingesehen, dass wir nun einmal die Lage unserer Reederei als vorrangig zu berücksichtigen haben – also das „große Ganze" sehen müssen.

Wir sichern durch etwas Mut der Reederei in wirtschaftlich schwieriger Lage die Passagiere und damit auch uns unsere Stellung.

Sie, Herr Calaris, werden niemals Kapitän, wenn Sie weiterhin nur „gegenan steuern". Sie lassen den Mut eines guten Navigators vermissen – etwas Mut und auch etwas Risiko für den Arbeitgeber und das Schiff!

Sie, Herr Calaris, sind das, was Sie schon immer waren – ein „SCHWARZMALER"«, und der 1. Offizier fährt fort:

»Ihnen, Herr Kapitän, darf ich meine vollste und loyale Unterstützung zusagen – das gilt auch für alle anderen Offiziere«.

Der Kapitän:
»Herr Calaris, Sie haben die ausführliche Begründung des 1. Offiziers gehört. Auch ich bin es langsam satt, Ihre dauernde Schwarzmalerei eines überaus ängstlichen Navigators zu ertragen. In Ihrer nächsten Beurteilung werde ich in Ihrer Personalakte nunmehr Ihren sprichwörtlichen Wankelmut bei allen möglichen Entscheidungen dokumentieren.

Eine Beförderung zum 1. Offizier dürfte damit in weite Ferne rücken.

Im Vertrauen auf unser seemännisches Können und das Können unseres herrlichen Schiffes, bleibt meine Anordnung im Interesse unserer Reederei bestehen, für morgen früh 08:00 Uhr.«

Die Quintessenz der Geschichte:
Am nächsten Morgen, Punkt 08:09 Uhr, läuft der Stolz der Reederei Marcadi mit einem fürchterlichen Knirschen auf ein Unterwasserhindernis unmittelbar an „der Insel" auf. Ein nicht in die Seekarte eingetragener übergroßer Felsblock liegt im Wege.

Das riesige Schiff wird aufgerissen wie eine Sardinenbüchse.

Seewasser dringt tonnenweise blitzschnell in den beschädigten Schiffsrumpf.

Der stolze Passagierliner kippt um wie ein vollgelaufener Bierkarton und reißt 31 Menschen mit in den Tod.

Der Kapitän geht als erster von Bord und nur wenige Monate später wirbt die Reederei über das Fernsehen für neue Kreuzfahrten auf der Nachfolgerin des havarierten Luxusliners. Das neue Traumschiff befindet sich bereits im Bau und wird wesentlich größer, viel komfortabler in der Ausstattung mit Platz für viel mehr Passagiere als die unglückliche Vorgängerin.

Auch wir in Deutschland benötigen solche „Schwarzmaler" wie den 2. Offizier des Ozeanriesen,

denn:
Hätte der Kapitän auf den Schwarzmaler gehört, würden die 31 Menschen noch leben und ihren Familien bliebe die Trauer erspart.

Die Quintessenz:

Es hat den Anschein, dass alle anderen an der Havarie Beteiligten zufrieden sind:

- die Reederei nutzt die Versicherungssumme, um ein noch prächtigeres Schiff zu bauen
- die ausgebooteten Passagiere werden entschädigt
- das gestrandete Schiff wird aufgerichtet und zum Abwracken in die Werft geschleppt.

Wenn dann auch noch der Kapitän ein neues Kommando bekommt – weil er nicht oder nur geringfügig bestraft wird – dann drängt sich allerdings ein ganz besonderer Gedanke auf:

…Hat möglicherweise nicht nur das Unvermögen des Kapitäns des Luxusliners zu dieser furchtbaren Katastrophe geführt?

Was bleibt sind nur die 31 Toten, die da mahnen – und der eigentliche Held der Reederei, der 2. Offizier. Der Navigator, Herr Calaris, nahm in Kauf, möglicherweise niemals wieder als Offizier ein Schiff zu bekommen.

Er zeigte menschliche und berufliche Größe und blieb dieser Linie treu. Nur seinem Gewissen untertan und seinem seemännischen Können nahm er furchtbare berufliche Konsequenzen in Kauf. Ohne Rücksicht auf das Ende seiner beruflichen Karriere, ließ er sich sogar als „SCHWARZMALER" beschimpfen.

Auch Frau BK Merkel benötigt in ganz verstärktem Maße echte Freunde, Freunde, die keine Angst haben, ihr unpopuläre Ratschläge zu geben. Im folgenden Falle dürfte es durchaus jemand sein, der auch bereit ist, sich „SCHWARZMALER" schimpfen zu lassen.

Dazu passt das folgende Beispiel, bekannt aus jüngster Vergangenheit. Es bezieht sich auf die, seit 2007 vorgetragene Forderung der Vereinigten Staaten von Amerika (USA):

»Wir, die USA, haben den Plan, in Polen und Tschechien einen Raketenabwehrschirm zu installieren. Trotz mancher Kritik, halten wir an diesem Vorhaben fest. Sollte Tschechien unser Konzept nicht bis zuletzt unterstützen, wie bereits angedeutet, so bauen wir nur in Polen«.

US-Präsident G.W. Bush hatte die Idee, mit Hilfe eines Raketenabwehrschirms über den beiden genannten Ländern atombombenbestückte Raketen abzuschießen.

G.W. Bush hatte Angst vor Angriffen der „Schurkenstaaten" Iran und Nordkorea für den Fall, dass diese Länder in naher Zukunft im Besitz von Atomwaffen sind und die USA angreifen könnten.

Da Raketenflugbahnen über Polen und Tschechien angenommen werden, sollen die dann erwarteten Raketen über diesen beiden Ländern abgeschossen werden.

Eigentlich ist dies ein ganz schlauer, ja geradezu genialer Plan des Herrn US-Präsidenten G.W. Bush:

…Die zerschossenen Raketen nebst ihrer todbringenden atomaren Ladung fallen über Polen und Tschechien nieder – mit größter Wahrscheinlichkeit auch über Russland, Litauen, Estland und Deutschland – denn so genau kann man den „Atomregen" von oben ja auch nicht steuern.

Ist ja eigentlich auch egal – wichtig ist nur, dass die Atomraketen nicht amerikanisches Hoheitsgebiet erreichen!

»Wo bleibt in diesem Falle Ihr ganz klares und entschiedenes ›NEIN‹ zu diesem aberwitzigen Plan«, Frau Bundeskanzlerin?

Sind wir Menschen denn tatsächlich bereits verrückt oder derart degeneriert, dass wir uns hier wiederum ein atomares „Kuckucksei" ins Nest legen?

Uns ist offenbar immer noch nicht bewusst, dass wir nicht „Die Welt" sind, um die sich alles dreht.

Nein, seit Giordano Bruno im Jahre 1590/91 die „Unendlichkeit des Weltraumes und die ewige Dauer des Universums" postulierte, wissen wir, dass unsere „Welt", die Mutter Erde, weniger als ein „Staubkorn" in der Unendlichkeit des Alls ist.

Dieses Staubkorn, die Heimat von 7 Milliarden Menschen, zu schützen und zu bewahren, das ist auch mit Ihre Aufgabe, Frau BK. Sie, als studierte Physikerin, wissen, dass es nicht mehr lange dauern kann, bis alle Länder der Erde über Atomwaffen verfügen, denn alle möchten es bei Bedarf im Ernstfalle den Amerikanern nachmachen – bei Gefahr für das eigene Land. Dann braucht man nur noch unbemannte Trägerraketen und nicht bemannte Flugzeuge, wie sie die USA 1945 in Hiroshima und Nagasaki noch einsetzten – und das „Staubkorn Mutter Erde" wird wieder zu Staub!

Wenn zu dem unendlichen Atomwaffenarsenal in den 200 Staaten auf der Erdoberfläche noch zusätzlich 200 Raketenabwehrschirme gegen Atomraketen am Himmel „schweben" – na dann „Prost Mahlzeit" liebe „Welt"!

…Und immer wieder sind es nicht die normalen Bürger eines Landes, wie es die Geschichte lehrt, sondern ganz allein ihre unfähigen „Führer", die das Unglück unserer „Welt" heraufbeschwören…

»Ich, der Autor, bin froh, dann nicht mehr unter diesem von Menschen geschaffenen „Teufelsdach" leben zu müssen!«

Wo bleibt Ihre verantwortungsvolle Weitsicht, Frau BK?

Denken Sie immer daran, dass Sie verpflichtet sind, über Ihren „CDU-Tellerrand" hinauszublicken.

Sie sind verpflichtet, für uns „Kleinen" in die Zukunft zu schauen.

Wir, die Bürger, sind abends müde, wenn wir von der Arbeit nach Hause kommen und mit den Kindern die Schularbeiten gemacht haben.

Wir sind vom Berufskampf und den Sorgen um unsere Familien derart ausgelaugt, dass wir gar nicht in der Lage wären, zum Beispiel in Parteien mitzuwirken, falls wir es denn wollten. Hinzu kommt, dass wir auch gar nicht fähig sind, das präsentierte Gesamtgeschehen, das uns allabendlich vom Fernsehen wie mit Vorschlaghämmern verabreicht wird, zu durchdringen und in Gänze zu verstehen.

Doch Sie, verehrte Frau BK, vertreten uns in unserer sogenannten repräsentativen Demokratie.

Sie, Frau BK müssen mit Ihren Ministern für uns denken und handeln, und zwar verantwortungsvoll – nicht nur für uns „Kleinen" von heute, sondern auch für die von morgen – für die Kinder, der Kinder, der Kinder …!

Wenn Sie das beherzigen, dann sind Sie eine gute BK.

Wenn Sie das nicht beherzigen, dann sind Sie eine schlechte BK!

Und noch eines, Frau BK, was mir besonders in letzter Zeit aufgefallen ist.

Mit Interesse habe ich Ihre Neujahrsansprache 2012/2013 verfolgt, in der Sie anmerken:

„Am Anfang sind es oft nur wenige, die vorausgehen, einen Stein ins Rollen bringen und Veränderungen möglich machen

– wer Mut zeigt, macht Mut!...“

Schöne Worte, Frau BK, doch es gilt:
»Nicht nur schön daherreden, sondern auch entsprechend handeln. Denn gerade Mut zu Veränderungen, Mut zu etwas Neuem – besonders diese Attribute kann ich als Wesensmerkmale bei Ihnen, Frau BK, nicht ausmachen.

Für mich sind Sie keinesfalls eine Politikerin, die vorangeht,

- – sondern mehr eine Frau, die „mitgeht",
- – eine Frau, die durch „Unauffälligkeit" auffällt!«

Doch was meinen Sie, Frau BK, mit den weiteren „schönen Worten" in Ihrer Neujahrsansprache?

„Es sind Gewerkschaften und Unternehmer, die gemeinsam für die **Sicherheit der Arbeitsplätze** *arbeiten – sie und viele mehr machen* **unsere Gesellschaft menschlich und erfolgreich.** *So wurde es möglich, dass wir in diesem Jahr die* **niedrigste Arbeitslosigkeit** *und die* **höchste Beschäftigung** *seit der Wiedervereinigung hatten. Das bedeutet für viele hunderttausend Familien eine* **sichere Zukunft** *zu haben und* **Anerkennung** *zu erfahren.*

Und das bedeutet für unsere jungen Menschen die **Sicherheit,** *eine* **Ausbildung, einen Arbeitsplatz und damit einen guten Start ins Leben vorzufinden.**

Wenn wir etwas können, was andere nicht können,

dann erhalten und schaffen wir Wohlstand."

Verehrte Frau BK, stehen Sie eigentlich hinter den Aussagen, die Sie da zum Neuen Jahr vorgetragen haben?

Haben Sie das, was Sie vor 80 Millionen Deutschen von sich geben, vorher überhaupt einmal durchdacht, richtig durchgelesen?

Oder tragen Sie völlig kritiklos nur etwas vor, was Ihnen ein „Kluger Kopf" so zu Papier gegeben hat?

Denn für die etwas blauäugig vorgetragene Aussage

„wenn wir etwas können, was andere nicht können, dann erhalten und schaffen wir Wohlstand", fehlt ganz einfach die Fortsetzung!

Falls Sie konsequent weitergedacht hätten, dann wäre Ihnen nicht entgangen, dass obige Aussage zwar mit wesentlichen Einschränkungen für die Zeit von 1949-2013 stimmen mag, doch gilt diese Aussage auch für die Zukunft?

»NEIN«, ist die klare Antwort.

Natürlich erfüllt uns die Tatsache, dass wir Deutschen vieles können, was andere nicht können, mit großem Stolz. Doch bedenken Sie, Frau BK, dieses, unser Wissen, ist unser einziger Schatz – unser einziger Reichtum.

Wir haben so gut wie keine Bodenschätze, und wir erzeugen nicht genug Lebensmittel, um uns alle zu ernähren – unser einziges Kapital ist allein unser **Wissen.**

Wir verkaufen Maschinen, Autos und vieles mehr, immer wieder unter dem Druck der Prämisse, mehr und mehr zu verkaufen. Alles wird subsumiert unter dem Wort **„Wachstum".**

…Was ist nun, wenn in Zukunft Riesenländer wie Indien und China nicht mehr bei uns kaufen, weil sie mittlerweile alle Güter selber produzieren können?

- Was ist, wenn wir Deutschen Autos und Maschinen in Indien und China kaufen, weil dort alles viel billiger ist als bei uns?

- Was ist, wenn auch die europäischen Länder nicht mehr bei uns kaufen, weil wir uns möglicherweise wegen des Euros mit ihnen zerstritten haben?

- Was ist, wenn auch alle anderen Länder nicht mehr bei uns kaufen, weil sie kein Geld haben – und falls sie Technikwaren benötigen, dann beziehen sie diese sowieso aus Fernost.

Falls dieses Szenario eintritt, **wird unsere Gesellschaft nicht menschlich** und **erfolgreich**, wie die BK in ihrer Neujahrsansprache prognostiziert, sondern es tritt genau das Gegenteil ein:

»Unsere Gesellschaft wird degradiert zu **Erfolglosigkeit** und **Unmenschlichkeit!**«

Dann wird die von Frau Merkel viel gepriesene geringe Arbeitslosigkeit (heute am 28.04.2013 bereits 9,5% in Flensburg!) ins Unermessliche steigen und die gelobte „**höchste Beschäftigung**" gegen Null gehen. Die Gewerkschaften können dann keine Lohnerhöhungen mehr durchsetzen und die Arbeitgeber werden sich nicht einen Deut um die von der BK proklamierte „**Sicherheit der Arbeitsplätze**" kümmern.

Der Arbeitnehmer hat seine Gesundheit und Arbeitskraft verkauft – genauso wie vor mehr als 100 Jahren zu Zeiten von Marx und Engels. Doch nun benötigt der Arbeitgeber den Arbeitnehmer nicht mehr und entlässt ihn in großem Stil.

Kürzlich hörte ich im Fernsehen den Manager eines großen deutschen Autokonzerns tönen, die Absatzmärkte der Zukunft, mit rasantem Wachstum, lägen in China.

Am gleichen Tage zeigte der gleiche Fernsehsender wie die Menschen in Peking und Schanghai im dicken Smog ihrer Weltstädte mit Schutztüchern vor dem Mund durch die Straßen taumelten.

Währenddessen stand der gesamte Verkehr, und die Autos, Tuk-Tuks und Motorräder vergifteten die Bevölkerung und die Atmosphäre mit Kohlendioxid- und Monoxidgasen bei laufenden Motoren im Standgas.

Das, Frau BK, das ist die „**sichere Zukunft**" nicht nur von Hunderttausenden Familien, die Sie beschreiben, sondern von vielen Millionen Familien, denen Sie eine sichere Zukunft vorgaukeln.

Etwas mehr Kritik gegenüber den Wirtschaftsbossen, wie hier der Autoindustrie, würde Ihnen, Frau BK, sicher gut zu Gesichte stehen:

- setzen Sie uns 80 Millionen nicht die „rosa Brille" auf
- vergeuden Sie nicht schon jetzt Ihre Kraft während Ihrer Amtszeit durch Planung Ihres Ruhestandes
- seien Sie ehrlich zu uns „Kleinen"
- preisen Sie nicht nur den wirtschaftlichen Sonnenschein in Deutschland
- warnen Sie rechtzeitig vor wirtschaftlichen und politischen „Schlechtwetterfronten"

- treffen Sie Vorkehrungen zum Schutze vor Gefahren der Zukunft

Machen Sie uns auf ein mögliches Szenario der Zukunft aufmerksam, bei dem wir Deutschen ganz besonders schlecht dastehen könnten, oder haben Sie bereits etwas vorbereitet für den Tag, an dem unser hochgelobtes

Exportland zum **Importland** wird?

Doch es bleibt die Frage:
Woher kommt das Geld für den Einkauf benötigter Waren, wenn unsere Haupteinnahmequelle, der Export, versiegt ist?

Dann nutzt uns unsere Fähigkeit,
»dass wir etwas können, was andere nicht können« gar nichts.

Unser Deutschland ist wie ein großes Passagierschiff, das an vielen anderen Schiffen (Ländern) derart sicher vorbeifahren muss, so dass es zu keiner Kollision kommen kann. Da „Schiffszusammenstöße" ein wesentlicher Gefahrenpunkt sind, so kommen auf einen Kapitän eines so großen Schiffes viele weitere Störgrößen hinzu, die Schiff, Mannschaft und die Passagiere bedrohen können – alles vergleichbar dem Bundeskanzler, der ähnlich wie ein Kapitän das „Schiff" Deutschland durch die Gefahren der „Welt" steuern muss.

Plötzlich auftretende Stürme, Taifune, Hurrikane, Untiefen, Land und Klippen in nächster Nähe, Eisberge, Stromausfälle an Bord, Ausfall der Rudermaschinen (Schiffssteuerung), Kanalfahrten, Feuer an Bord und vieles mehr verlangen vom Kapitän ein weitsichtiges, vorausschauendes, sicheres Handeln.

Hinzu kommen die Unzulänglichkeiten von Mannschaftsmitgliedern, Offizieren und Ingenieuren – häufig begünstigt durch Alkohol – vergleichbar den Ministern des BK, die plötzlich auffallen, weil sie beispielsweise mit Dienstwagen und Chauffeur auf Staatskosten in den Urlaub nach Spanien fahren, durch Abschreiben und Täuschen in ihren Doktorarbeiten auf sich negativ aufmerksam machen oder gar mit Steuergeldern im Militärjet zum Liebesurlaub nach Mallorca fliegen.

Genauso wie vom Kapitän des gigantischen Kreuzfahrtschiffes erwarte ich auch von Ihnen, Frau BK, dass Sie unser „Schiff der 80 Millionen Deutschen" sicher um alle Klippen herumsteuern.

Ich erwarte, dass Sie alle Störgrößen, die von außen und innen auf unser Land einwirken, vergleichbar dem Seekapitän berücksichtigen.

Wir „Kleinen" der 80 Millionen erwarten, dass Sie notfalls rechtzeitig „gegensteuern" und mit Ihren „Offizieren", den 15 Ministern, die Ihnen vom Volk übertragene Aufgabe zukunftsweisend und verantwortungsvoll verrichten.

AUSBLICK

Der Literatur-Nobelpreisträger Günter Grass rechtfertigt sein sogenanntes „Gedicht" von 2011 mit:

»Ich habe viel zu lange geschwiegen!«

Dabei mahnt er lediglich die Ungeheuerlichkeit an, dass das kleine Land Israel wohl nunmehr in der Lage ist, nicht nur im Pulverfass „Naher Osten" mit Atomraketen um sich zu schießen, sondern diese sogar/auch mit Hilfe auf von Deutschland geschenkten U-Booten über die Meere in alle „Welt" zu tragen.

Gleicher Satz,

„Ich habe viel zu lange geschwiegen",

gilt in einem ganz besonderen Maße auch für mich, den Autor.

Schon lange ist es für mich ein Dorn im Auge, was die Regierenden in Deutschland so treiben. Insbesondere meine Hilflosigkeit, innerhalb einer Wahlperiode von 4 Jahren, zwischen zweimal Kreuzchen machen auf einem Stück Papier, stört mich.

Die Regierenden sind mächtig, wir, das Volk dagegen nur ein Spielball im Widerstreit von Wirtschaft und Politik.

Als man jetzt aus den Steuern der „Kleinen" riesige Banken, also insbesondere die Sachverwalter der Superreichen bediente, war für mich

„der Moment" gekommen.

Ich überlegte, was ich denn selbst tun könnte.

Passiver Widerstand, Wahlboykott, schreien auf der Straße, anketten an Atom-Castortransporte war für mich wohl nicht das Richtige, so überlegte ich.

Doch ich wollte rauskommen aus der Masse derer, die da

- zu Allem schweigen,
- zu Allem „ja" sagen,
- zu Allem „nein" sagen,

oder ihre Kritik zu Allem zusammenfassen mit den Worten:

»Da kann man ja sowieso nichts machen!«

Eine ganz beredte Sprache der Hilflosigkeit von uns Millionen Deutschen gibt die Wahl zum 17. Bundestag am 12. September 2009 wieder:

- Danach gab es von insgesamt
  62.000.000 wahlberechtigten Bundesbürgern
  43.000.000 gültige Stimmen,

- **19.000.000 wahlberechtigte Mitbürger
  gingen gar nicht erst zur Wahl,
  gaben ihre Stimme nicht ab!**

Dieses war eine herbe Niederlage der Demokratie mit einem untrüglich negativen Stimmungsbild der Deutschen.

Ganz besonders betroffen dürften sich auch die zur Wahl angetretenen Parteien gezeigt haben, denn sie verloren durch die Nichtwähler ein „Kopfgeld" von 51.300.000 Euro. Das sind Wahlkampfkosten für die Parteien. Bei der BT-Wahl waren dann 2,70 Euro pro Wähler zu zahlen, und zwar vom Staat aus den Steuern des Volkes.

Nach der zwangsweisen „Enteignung" des deutschen Volkes durch unser Gesetzgebungsorgan, den Bundestag, erfolgte dann die Zahlung vieler Milliarden Euro an Reiche, Superreiche im Großbankensektor fremder Länder.

Für mich, den Autor, stellt sich danach die Frage:
- Was wird aus dem Euro?
- Was wird aus Deutschland?
- Was wird aus Europa?
- Was wird aus unserer „Mutter Erde"?
- Was wird aus uns Menschen?
- Was wird aus der Welt?

Brauchen wir Mitbürger wie Günther Grass und Tilo Sarrazin?

- Mitbürger, die bereit sind, unangenehme Fragen zu stellen – aber auch keine Angst haben, diese Fragen zu formulieren und auszusprechen?

- Wir brauchen aber auch Bürger wie den Dramatiker Rolf Hochhuth, der die Thesen von Günther Grass „in den Boden stampft" – entsprechend einer nicht nur streitbaren, sondern auch kämpfenden Demokratie.

Jede Meinung, jede Kritik muss auf den Tisch!

»Bei der Diskussion um die Sache „Deutschland" darf es keine Verbote, keine Ausnahmen und keine Tabus geben – vergleichbar der Diskussion um „Jesus den Guten und Jesus den Tiertöter"«.

Wir benötigen Mitbürger, die unangenehme Fragen stellen, aber auch Antworten geben, bei denen nichts beschönigt wird – auf der Suche nach der „Wahrheit".

Insbesondere benötigen wir Männer und Frauen, die aus unseren demokratischen Parteien hervorgehen.

Wir brauchen Männer und Frauen, die um die „Wahrheit" mit Hilfe des geschriebenen und gesprochenen Wortes kämpfen.

Wir brauchen Männer und Frauen mit Visionen, die aber auch bereit sind, den beschwerlichen umständlichen Weg der Meinungsbildung durch die Instanzen der Demokratie zu gehen – Männer und Frauen mit viel Geduld und Durchstehvermögen, die nicht auf halbem Wege aufgeben.

Besonders wünsche ich mir, und zwar dringend, dass die SPD zukünftig wieder zu alter Größe heranwächst.

»Nur diese Partei ist fähig, die kommenden Probleme zu lösen – speziell die gerechte Verteilung aller erwirtschafteten Güter, des gesamten Volksaufkommens auf alle Mitbürger«

Dies ist keine Anmaßung, sondern die konsequente Weiterführung des Gedankens von FREIHEIT und GERECHTIGKEIT aus 150 Jahren Parteiengeschichte!

Der Kampf um die erwirtschafteten Güter wird kommen, und zwar mit Gewalt, wenn die Politik auch weiterhin keine Lösungen findet.

Die Jugend randaliert schon heute – in Spanien, in Frankreich, in Stockholm, Berlin und Hamburg. Tausende Jugendliche gehen auf die Straße und zeigen durch Randale ihre Unzufriedenheit - und zwar derart lautstark, dass sich die Regierungen gezwungen fühlen, mit starken Polizeiaufgeboten einzuschreiten.

Aber weshalb randaliert die Jugend?

Kein Politiker weiß Antworten – ganz einfach deshalb, weil auch keiner nach den Gründen der randalierenden jungen Leute fragt.

In Spanien sind im April 2013 50% der Jugendlichen arbeitslos – mag das mit eine Antwort sein auf die Frage nach dem „Warum" der Jugendrebellion?

Weshalb gehen viele Milliarden Euro zum Zocken an reiche und superreiche Banker und nicht an unsere arbeitslose mürrische Jugend, die sich nicht zurechtfindet in unserer Ellenbogengesellschaft?

Nur unsere Kinder und unsere Jugend sind der Garant für die Lösung unserer Zukunftsprobleme, denn aus ihnen werden einmal die von unserem Volk händeringend gesuchten „Leitfiguren" hervorgehen.

Der Kampf um die gerechte Verteilung aller erwirtschafteten Güter hat bereits begonnen. Das haben merkwürdigerweise als erste die Reichsten der Reichen auf unserer Erde erkannt. Die Multi-Milliardäre Bill Gates (zweitreichster Mann der Erde mit 56 Milliarden Dollar) und Warren Buffet (mit 50 Milliarden Dollar drittreichster Mann) ahnen wohl die Gefahr eines anbrechenden Verteilungskampfes – sie erkennen und fürchten die Sprengwirkung, die die unnatürliche Einteilung der Menschen in **Superreiche/Reiche** und **Superarme/Arme** in sich birgt.

Bill Gates und Warren Buffet haben bekannt gegeben, dass sie beabsichtigen, die Hälfte ihres immensen Vermögens an ärmere abzugeben. Dazu gründeten sie den Club „The Giving Pledge" („Das Spendenversprechen") – und siehe da, es schlossen sich sogleich 39 „Gleichgesinnte" der Superreichen dieser Bewegung an.

Ob die reichsten Männer der Welt aus Angst handeln, **alles** zu verlieren oder ob sie sich aufgrund eines „neuen Gerechtigkeitssinns" ein Herz fassen ist eigentlich egal. Entscheidend ist vielmehr, dass durch ihr „selbstloses" Verhalten, eine positive Signalwirkung auf weitere Reiche und Superreiche einwirkt, es dem „Klub der 40" nachzumachen.

Nun müssen wir „Kleinen" natürlich, trotz der großzügigen Gesten von Gates und Freunden, ganz besonders aufmerksam sein.

Die Milliarden, die Bill Gates abgibt sind für ihn nur „Peanuts", denn für ihn ist es natürlich völlig egal, ob er nun 56 Milliarden Dollar sein Eigen nennt oder nur noch 28 Milliarden Dollar. Er wirft uns „Kleinen" die Milliarden vor wie einem Bettler – er gibt die Almosen oder er gibt sie nicht – ganz nach seinem freien Willen.

»Das ist es aber nicht, was die Menschen wollen, Herr Gates, sie wollen mehr – sie wollen alles, alles was ihnen zusteht.«

Bereits bei der nächsten Gewinnausschüttung Ihrer Unternehmen sollten Sie volle 50% an Ihre Arbeitnehmer abgeben – mit den restlichen 50% haben Sie dann immer noch genug für die Familie Gates und auch zum Spenden für die Armen.

Geben sie Ihren Arbeitnehmern das Recht der paritätischen Mitbestimmung für alle Ihre Unternehmungen – oder gibt es bei Ihnen bereits die volle Mitbestimmung Ihrer Arbeitnehmer und ich, der deutsche Buchautor, weiß es nur nicht?

Denken Sie immer daran, Herr Bill Gates:

»Kein Betrieb funktioniert ohne die Mithilfe seiner Arbeitnehmer - unter Einsatz von Arbeit, Wissen und Gesundheit. Ohne sie gäbe es auch keinen Multimilliardär Gates, der sein immenses Vermögen niemals allein durch eigener Hände Arbeit hätte bilden können.

Auf der anderen Seite funktioniert aber auch kein moderner Betrieb ohne Kapital...

... wie wäre es, wenn Sie, Herr Bill Gates, auf Grund des oben Gesagten zu der Überzeugung kämen:

ARBEIT und KAPITAL sind GLEICHBERECHTIGT

mit der Konsequenz:

»AM ENDE DES JAHRES ENTSCHEIDEN 2 PARTNER GEMEINSAM ÜBER INVESTITIONEN UND

TEILEN FREUNDSCHAFTLICH DEN GEWINN«

Für uns Deutsche bietet sich der „Demokratische Sozialismus" aus dem Godesberger Programm der SPD von 1959 an, weil auch mit unserem Grundgesetz vereinbar. Allerdings wird unser Grundgesetz für die Bewältigung zukünftiger Aufgaben nicht mehr ausreichen – wir brauchen eine Verfassung!

DEMOKRATIE und SOZIALISMUS

als gleichgewichtige Partner können dann über die Idee zur Wirklichkeit werden. Dann wird aus dem Ruf nach Freiheit der 17 Millionen DDR-Bürger vor dem Mauerfall endlich Wirklichkeit:

»WIR SIND DAS VOLK!«

Hinzu kommt dann auch der Schlachtruf der absturzgefährdeten SPD des Jahres 2013, wiedergeboren und erstarkt aus der 150-jährigen Geschichte dieser wieder großartigen Volkspartei:

»DAS WIR ENTSCHEIDET!«

Deutschland braucht für eine neue Wirtschaftsform unbedingt eine Verfassung, die das 1949 installierte Provisorium „Grundgesetz" ablöst. Wir benötigen unbedingt eine Verfassung, die dann vom ganzen Volk durch freie Abstimmung bestätigt werden müsste. Besonders die 17 Millionen Bürger der ehemaligen DDR warten darauf, an der Entwicklung einer Verfassung mitzuwirken. Bei der Wiedervereinigung des Deutschen Volkes am 03. Oktober 1990 (Nationalfeiertag) wurde von den Regierenden der BRD den 17 Millionen „Neubürgern" unser Grundgesetz einfach übergestülpt.

Wenn dann auch die Belange unserer Kinder und unserer Jugend in der neu geschriebenen „Deutschen Verfassung" hinreichend berücksichtigt und festgeschrieben werden, dann mag auch unser kapitalistisches System harmonisch übergleiten in eine gerechte soziale und demokratische Grundordnung:

– den „Demokratischen Sozialismus".

Wenn dann nach der Umgestaltung unserer Wirtschaft das gesamte jährliche Volksaufkommen gerecht auf alle Mitbürger verteilt wird, dann werden auch Chaos, Anarchie und blutige Revolutionen ausbleiben.

»Wenn dann ein Wirtschaftsjahr gut ist, gibt es viel zu verteilen – wenn ein Wirtschaftsjahr schlecht ausfällt, dann schnallen wir alle den Gürtel eben enger.«

Und auch Bill Gates und Warren Buffet brauchen nichts zu fürchten – nachdem sie harmonisch alles Erwirtschaftete jährlich mit ihrer Arbeiterschaft teilen!

Da Deutschland wohl auch noch in naher Zukunft ein Exportland sein wird, darf der Konkurrenzgedanke unter uns 80 Millionen nicht einschlafen. Hier kann dann die Aussage von Frau BK Merkel nicht nur auf das ganze Land übertragen werden, sondern zusätzlich auf jeden einzelnen von uns:

„Wir können stolz darauf sein, etwas zu können, was andere nicht können." *(Frau Merkel)*

– »Und wer viel kann und viel tut, verdient auch mehr als andere.« *(der Autor)*

Der Leistungsgedanke ist auch in einer demokratisch-sozialistischen Wirtschaftsform unverzichtbar. Leistung muss auch weiterhin belohnt und honoriert werden – Leistung ist kein Widerspruch und wirkt sehr effizient jeder Gleichmacherei und dem Trugschluss entgegen, man befände sich in einem „Selbstbedienungsladen".

Gleiches gilt natürlich auch für die Bildung von Eigentum – denn die Bildung von Eigentum jedes einzelnen ist nicht nur möglich, sondern ganz ausdrücklich erwünscht.

Über allem steht aber der **„Gedanke der Solidarität"**:

- der Wohlhabende hilft dem, der nicht so viel hat
- der Arbeitende hilft dem Arbeitslosen
- der Gesunde hilft dem Kranken
- der Junge hilft dem Alten
- der Alte hilft dem Jungen
- der Kluge hilft dem Lernschwachen
- der Gebildete hilft dem Nichtgebildeten
- der Glaubende toleriert den Nichtgläubigen und umgekehrt.

Unter der Prämisse der jährlichen **gerechten** Verteilung aller vom Volke erwirtschafteten Güter auf alle Mitbürger ergibt sich ein neues „Menschliches Gefüge" unseres 80 Millionen-Volkes in

WÜRDE, FREIHEIT und SOLIDARITÄT
gebettet unter dem Schirm des

DEMOKRATISCHEN SOZIALISMUS
mit der Bedingung:
DEMOKRATIE und SOZIALISMUS
als gleichberechtigte Säulen unseres Staates!

Zum Schluss dieses Buches, darf ich, der Autor, meine Zufriedenheit äußern. Ich freue mich, dass ich noch in fortgeschrittenem Alter es fertiggebracht habe, mich in die Belange und Probleme unseres Volkes, als einer von 80 Millionen, einzumischen. Ich bin froh, dass ich all die Dinge, die mich fünf Monate vor der Bundestagswahl 2013 bedrücken, mir kurzerhand von „der Seele" geschrieben habe.

Um meinen Frust noch vor der kommenden Bundestagswahl auszudrücken, war es nicht erforderlich, auf die Straße zu gehen, um Autos umzukippen und Schaufensterscheiben einzuschlagen.

Nein, ich äußere meinen Protest durch das geschriebene Wort.

Mein Protest gilt nicht nur für die kommende Bundestagswahl 2013, sondern auch für alle Wahlen danach - falls von Seiten der Regierenden **nichts Entscheidendes** geschieht. In diesem Falle bleibt die angesprochene Tatsache der nicht bewältigten Probleme weiterhin bestehen – also auch für die kommenden Bundestagswahlen nach 2013.

Weil diese Gefahr auch weiterhin besteht, dass die Regierenden den Hilfeschrei des Volkes nicht hören, rufe ich allen meinen Mitbürgern mit den Worten der Buchautoren „Monsieur Rainer" und Stéphane Hessel zu:

»WEHRT EUCH!«,

»NEUES SCHAFFEN HEISST WIDERSTAND LEISTEN

WIDERSTAND LEISTEN HEISST NEUES SCHAFFEN«

ANSPRUCH UND WIRKLICHKEIT
Schlussbetrachtung

»I have a Dream«, das waren am 28. August 1963 die großen Worte des unvergessenen Freiheits-Pastors Martin Luther King vor 250.000 amerikanischen Mitbürgern in Washington D.C. vor dem Lincoln Memorial.

Auch ich, der Autor, habe einen Traum:

»In naher und ferner Zukunft sind alle Menschen glücklich«.

Denn:

- sie haben alle ihr Auskommen
- reich und arm gibt es nicht
- Chancengleichheit ist nicht nur ein Wort.

Die Menschen haben ihr ureigenes, menschliches Gehabe abgelegt – all das, was sich hinter dem Wort EGOISMUS verbirgt…

denn:

Kein Erwachsener, kein Jugendlicher und auch kein Kind hat mehr das Bedürfnis, seinen Mitmenschen Gewalt anzutun und über andere zu herrschen.

Selbst an dem Spiel einer bekannten Firma,

die 2013 mit groß angelegter Werbung zum Spielen

aufrief, hat niemand mehr Interesse:

- „Werde Burgherr einer mittelalterlichen Stadt und bilde Soldaten aus, mit deren Hilfe Du neue Städte eroberst
- erobere Länder und Kontinente,
- zerquetsche Deine Feinde ,
- werde eine Legende und
  herrsche über „DIE WELT"

danach:

- keine Atombomben
- keine Raketenabwehrschirme
- keine Kriege
- keine weitere Zerstörung der Umwelt
- kein Erwachsener hat mehr Lust in den Krieg zu ziehen, weil er bereits als Kind und als Jugendlicher nicht den

Wunsch hatte, Gewalt über andere auszuüben – nicht einmal im Spiel.

Die Jagd nach Macht und Drangsalierung anderer Völker bis hin zur Weltherrschaft, gehört der Vergangenheit an mit der Folge, dass auch „NEUE HITLERS" undenkbar werden.

Die Menschen sind glücklich und haben Muße, in ihrer Freizeit ihren Hobbys und Neigungen nachzugehen:

- der Liebe zwischen Partnern
- der Liebe zur Familie
- der Verehrung ihrer Königshäuser, wie in England, Schweden, Belgien, Holland, Spanien, Thailand
- der Faszination Fußball und anderer Sportarten
- dem Besuch großer und kleiner Musikevents
- der Sehnsucht nach „Fernen Welten"
- der Fahrt zu den Sternen
- dem Zwiegespräch mit Jesus, Buddha und Gott.

Auch in unserem geliebten Heimatland Deutschland sind die Menschen in naher und ferner Zukunft - entsprechend meinem oben geträumten Traum - glücklich:

»Dank Dir, liebe SPD, denn Du hast es geschafft!«

- Nachdem die Herren G. Schröder und P. Steinbrück Dich verlassen haben
- Herr F. W. Steinmeier befördert wurde – nunmehr Botschafter im Kongo ist
- Frau Generalsekretärin Andrea Nahles den Generalsekretärsposten freigemacht hat – um im Häkelklub 1. Vorsitzende zu werden

kann die große Volkspartei wieder atmen!

Nach dem Fall ins Uferlose 2009 und 2013 – haben sich 2053 die fortschrittlich denkenden Kräfte in der SPD wiedergefunden und versammeln zusammen mit den „Grünen", den „Linken", der „Zukunfts-Partei" und der Partei „50-PLUS" der Rentner und Ruheständler über 64% treue, begeisterte Wähler hinter sich.

Sie öffnen damit die Tür in eine „NEUE ZEIT" mit Hilfe der alles verbindenden neuen Ordnung:

denn:

- Die SPD, gegründet schon vor über 150 Jahren
- die SPD, die einzige Partei, die geschlossen gegen Hitler stimmte
- die SPD, die Partei von Karl Liebknecht, August Bebel, Kurt Schumacher, Willy Brandt und Helmut Schmidt ebnet den Weg in eine glückliche Zukunft.

Wir können wieder stolz auf unser geliebtes Deutschland sein und selbst noch nach über 500 Jahren die Mädchen mit den langen blonden Zöpfen, den blauen Augen und der hellen Haut wie Milch und Honig bewundern, wie die Zwillinge auf dem Foto der Abb. 7!

Die großen Schumachers und Brandts der Zukunft haben es geschafft:

»UNSERE „WELT" IST WIEDER LEBENSWERT«.

Abb. 7   Cindy und Sarah, zwei blonde deutsche Mädchen

Dazu ein hoffnungsvolles kleines Beispiel mit dem Blick aus der Zeit von den Menschen des **„Morgen"** zurück zu uns, zu denen des **„Gestern"**:

Der bedeutende und überaus beliebte SPD-Ex-Bundeskanzler Robert Schmidt des Jahres 2197 ist nicht nur ein weiser Politiker, sondern auch ein weiser Mensch.

Im Alter von 103 Jahren zieht er sich, ein starker Raucher, von der politischen „Weltbühne" zurück mit den Worten:

- »Rauchen in der Öffentlichkeit ist ein schlechtes Vorbild. Das gilt in ganz besondere Maße für mich, eine Person des öffentlichen Lebens, die jeder kennt.

- Ich habe eingesehen, dass ich meine Popularität als Politiker nicht nur mir selbst zu verdanken habe, sondern allein den Millionen treuer Wähler mit ihren Kreuzchen auf den Wahlzetteln.

Deshalb beabsichtige ich in hohem Alter aus Dankbarkeit etwas an meine Wählerschaft zurückgeben:

- Ich, als „Quasi-Nachfahre" und Namensvetter des großen Helmut Schmidt der 1970er Jahre, rauche ab dem heutigen Tage nicht mehr in der Öffentlichkeit!

- Es ist mein Wunsch, damit allen von der Sucht des Rauchens befallenen Mitbürgern ein gutes Bespiel zu geben und ihnen zu helfen, ihre Sucht zu bekämpfen.

- Insbesondere möchte ich auch alle Kinder und Jugendlichen auffordern, gar nicht erst mit dem Rauchen zu beginnen – das gilt nicht nur für die Einstiegsdroge Rauchen mit dem Gift Nikotin, sondern für alle anderen Drogen auch.«

»Dem kann ich, der Autor als ein Bürger unseres 80 Millionenvolkes, nichts mehr hinzufügen, sondern nur meine Bewunderung dafür, dass ein so berühmter Herr im hohen Alter noch „die Kurve gekriegt" hat – zwar spät – aber wiederum auch nicht zu spät!

…Ein vorbildliches Verhalten einer großen Person, das uns „Kleinen" für die Zukunft" wieder Hoffnung macht!«…

ANHANG

Forderung des Autors nach Berücksichtigung der folgenden Vorschläge, niedergeschrieben in der

„NEUEN DEUTSCHEN VERFASSUNG"

- Die Verfassung garantiert allen Eheformen Schutz. Besonderer Schutz gebührt der Ehe von Mann und Frau, da die darauf gründende Familie Kerninstitution für den Fortbestand unseres Volkes ist.

- Der Bundespräsident wird von den wahlberechtigten Bürgern des ganzen Volkes gewählt (Amtszeit 8 Jahre).

- Der Bundespräsident ist parteilos, falls er einer Partei angehört, ruht mit dem Tage des Amtseides seine Parteimitgliedschaft.

- Der Bundespräsident ist „Moralische Aufsichtsinstanz" für das Handeln des Bundeskanzlers und seiner Minister.

- Der Bundespräsident vertritt das Deutsche Volk „moralisch" nach innen und nach außen gegen jedermann.

- Die Richter der Senate des Bundesverfassungsgerichtes müssen parteilos sein; sollten sie einer Partei angehören, lassen sie mit dem Tage ihrer Ernennung ihre Mitgliedschaft ruhen.

- Der Bundeskanzler und die Bundestagsabgeordneten werden auf 8 Jahre gewählt.

- Der Bundeskanzler, die Minister und die Bundestags-Abgeordneten erhalten maximal eine Vergütung bis zum fünfundzwanzigfachen des Einkommens des Durchschnittsverdienstes der deutschen Arbeitnehmer.

- Der Bundeskanzler, die Minister und die Bundestagsabgeordneten werden nach ihrer Amtszeit, entsprechend ihrer Dienstjahre, bei Renteneintritt versorgt – bei Wiedereinstieg in ihre alten Berufe erhalten sie Überbrückungsgeld.

- Die „Vertrauensfrage" (Artikel 68 Grundgesetz) darf vom Bundeskanzler, mit dem alleinigen Ziel Neuwahlen herbeizuführen, nicht verwendet werden.

- Regierungsmitglieder und Bundestagsabgeordnete sind verpflichtet, an allen Bundestagssitzungen teilzunehmen (Anwesenheitspflicht).

- Bundeskanzler und Minister dürfen nicht Vorsitzende von Parteien sein.

- Bundestags-Abgeordnete dürfen während ihrer Amtszeit keinerlei Firmen führen bzw. Nebeneinkünfte beziehen.

- Der Bundeskanzler, die Minister und die Bundestags-Abgeordneten dürfen während ihrer Wahlperiode keine bezahlten Vorträge halten.

- Alle Minister fahren nur Dienstwagen der Mittelklasse – nur der Bundespräsident, der Bundestagspräsident, der Bundesratspräsident und der Bundeskanzler sind in der Wahl ihrer Fahrzeuge frei.

- Der Bundeskanzler, die Minister und die Bundestags-Abgeordneten dürfen 4 Monate vor einer neuen BT-Wahl, für sich selbst und für die eigene Partei Wahlkampf machen, ohne dass ihre Bezüge gekürzt werden.

- Der Bundeskanzler, seine Minister und die Bundestagsabgeordneten dürfen innerhalb einer Frist von 5 Jahren nach Beendigung ihrer hoheitlichen Tätigkeit, **keinerlei Beschäftigung** eingehen, die in irgendeiner Weise eine Verbindung zu ihrer verflossenen Amtszeit vermuten lässt.

- Deutsche Soldaten kämpfen nicht außerhalb deutscher Grenzen – Ausnahmen gibt es nur dann, wenn Kampfmandate des Weltsicherheitsrats oder der NATO vorliegen – zusätzlich bedarf es der Zustimmung des Deutschen Bundestages.

- Waffenlieferungen an nicht verbündete Staaten sind unmoralisch und deshalb verboten.

- **Ein Hauptpfeiler für Demokratie und Sozialismus ist weiterhin die Trennung der drei Gewalten – Gesetzgebung (Legislative), Regierung (Exekutive) und Gerichtsbarkeit (Judikative).**

- Die Möglichkeit der Umgestaltung unserer heutigen Demokratieform (Grundgesetz) in eine politische und wirtschaftliche Neuordnung wird festgeschrieben.

- Die Möglichkeit, den „Demokratischen Sozialismus" mit seinen beiden gleichberechtigten Säulen „Demokratie" und „Sozialismus" einzuführen, wird als eine Option für die Zukunft festgeschrieben.

- Das Volk kann innerhalb einer Legislaturperiode von 8 Jahren mit 35% der wahlberechtigten Bürger ‚Neuwahlen" erzwingen.

- Die Regierung stellt sicher, dass ein Bundesbeauftragter für Arbeitslose und Sozialhilfeempfänger ernannt wird.

- Kindergärten werden auf Staatskosten gebaut und unterhalten.

- Der Besuch von Kindergärten ist für alle Kinder frei.

- Jedes Kind erhält täglich ein kostenloses Mittagsessen.

- Jedem Schulabgänger wird nach seinem Schulabschluss ein Ausbildungsplatz garantiert – möglichst nach seinem Berufswunsch. Die Ausbildungsbeihilfe trägt zu 50% der Staat und zu 50% das Ausbildungsunternehmen – es gilt wieder: *»Beruf kommt von Berufung«*

- Zeitarbeit und Leiharbeit werden als „unmenschlich" eingestuft und wegen des Verstoßes gegen die „Guten Sitten" verboten.

- Werkverträge, mit dem Ziel Tarifverträge auszuhebeln, werden verboten (Lohndumping).

- Es wird ein immer wieder neu anzupassender Mindestlohn eingeführt, und zwar für alle Berufssparten.

- Werbung für den Konsum von Rauchwaren, Alkohol und andere Drogen wird verboten.

Die Auflistung obiger Verfassungspunkte kann nur ansatzweise die Kritik des Autors an den gegenwärtigen Verhältnissen abdecken. Nicht nachrangig ist da insbesondere sein Vorbehalt gegenüber der Tatsache, dass Minderheitenmeinungen, die oftmals von Millionen Wählern geteilt werden, in den Gesetzgebungsverfahren nur geringfügig Berücksichtigung finden (Bundestag / Bundesrat / Landtage).

Fraktionszwänge tuen ein übriges, um jeglichen Minderheitenschutz auszuhebeln. Hier sollte über Modelle nachgedacht werden, die dieses Übel beseitigen.

Anmerkung des Autors:
Wenn wir Sicherheit und ein menschenwürdiges Leben für uns und auch andere fordern, dann müssen wir uns das auch etwas kosten lassen.

Wenn unser Deutschland in interstaatliche Institutionen eingebunden ist, dann garantiert uns das Freiheit und ein hohes Maß an Sicherheit.

»Sicherheit, Freiheit und unser gerechter Anteil bei der jährlichen Verteilung aller vom ganzen Volk erwirtschafteten Güter wird uns ein noch niemals in der Menschheitsgeschichte erreichtes Glücks- und Zufriedenheitsgefühl bescheren.«

Wenn die größte Ungerechtigkeit unter uns Menschen beseitigt ist – die Spanne zwischen „SUPERREICH" und „SUPERARM" – dann können wir es schaffen!

Wenn dann das Deutschland des „Kleinen Mannes" in einigen Jahrzehnten als Vorbildstaat von anderen Staaten wahrgenommen wird,

…dann würden die Worte von Angela Merkel aus der Neujahrsansprache von 2012/13

„Wir Deutschen können stolz auf uns sein, weil wir etwas können, was andere (noch) nicht können!"

endlich Substanz erlangen.

Lieber Leser,

falls einige von Ihnen Bedenken wegen der entstehenden Kosten entsprechend der Forderungen in der „Neuen Deutschen Verfassung" haben, so mögen sie nur einmal ausrechnen, wie viel

- 1 Zerstörer
- 1 U-Boot
- 1 Kampf-Jet
- 1 Spionage-Drohne „Euro Hawk
- 1 Panzer

und die entsprechende Bemannung, Bewaffnung und unterstützende Logistik kostet. Die ermittelte Gesamtsumme multipliziert mit einer „kleinen Zahl" deckt die oben aufgestellten Forderungen aus der „Neuen Deutschen Verfassung" ab.

Danke, der Autor

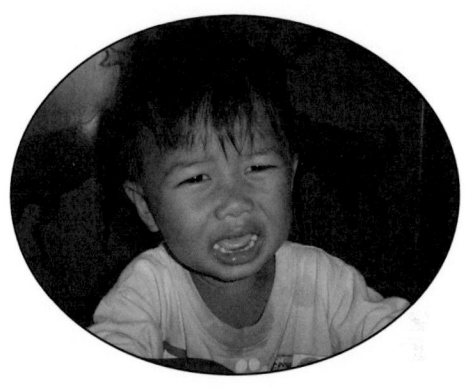

KINDER in HUNGERSNOT

HELFEN bringt auch dem Helfenden Zufriedenheit!

Lesen Sie bitte auch die nächste Seite.

Wir sausen auf teuren Rennrädern aus Carbon durch die Gegend,

-   genießen auf chromblitzenden Choppern die herrliche Natur,
-   fahren mit PS-starken Nobelkarossen in Urlaub,
-   kreuzen mit Segel- und Motorjachten über die Meere,
-   fliegen in Sportflugzeugen durch Gottes Himmel

… und das alles nur zum Spaß!

Auf der anderen Seite stirbt alle 3 Sekunden ein Menschenkind, weil es nichts zu trinken und auch nichts zu essen hat.

Tsunamis, Erdbeben und von uns selbst verursachte Katastrophen verstärken dieses unsägliche Leid – und bringen jenen »Ball«, den wir großspurig »Welt«, aber wegen seiner Winzigkeit und Anfälligkeit auch »Erde« nennen, fast zum Zerbrechen!

Genießen wir weiter unseren verdienten Wohlstand, aber öffnen wir auch unser Herz für großes Leid und großes Unrecht, unmittelbar vor der eigenen Haustür!

Wechseln wir vom REDEN zum TUN!!!

Dazu habe ich mir zwei Fragen gestellt:

1. Wie ordne ich meine derzeitige Lebenssituation auf einer Befindlichkeitsskala ein:

    -   hervorragend
    -   zufriedenstellend
    -   einigermaßen
    -   schlecht.

2. Kann ich ein wenig an die abgeben, die nicht einmal genug zu Essen und zu Trinken haben?

Die Beurteilung auf der Skala für mich selbst ergibt: **hervorragend.**

Deshalb werde ich von jedem verkauften Buch 25 % meines Autorenhonorars für Kinder verwenden, die sich in Hungersnot befinden.

Ich bitte alle Menschen, sich ebenfalls die Fragen 1 und 2 zu stellen und dann nach einer ehrlichen Antwort den Weg zu einem Spendenkonto zu finden.

Es bedankt sich sehr herzlich Ihr H. Neubacher, Autor.

Erklärung zur Geschichte Seite 70-73:

Alle Namen der beteiligten Personen, der Name der Reederei und alle Sachangaben sind frei erfunden. Sollte es irgendwelche Übereinstimmungen mit Namen anderer Personen, lebende oder bereits tote Personen, oder Sachdaten aus anderen Vorgängen geben, so sind diese rein zufällig.

Abb. 1, Seite 6: pa picture alliance, Frankfurt

Abb. 7, Seite 92 mit freundlicher Genehmigung Cindy u. Sarah aus Norddeutschland, Alter 17 Jahre – Einverständniserklärung der Erziehungsberechtigten liegt dem Autor vor

Foto auf Seite 98 mit freundlicher Genehmigung N. Khoyun, Insel Sylt, Deutschland

Vom Autor empfohlene Literatur:

- »Wehrt Euch« von Rainer Kahni (Monsieur Rainer)
  Books on Demand GmbH, Norderstedt 2011
- »Empört Euch« von Stéphane Hessel
  Ullstein Buchverlage GmbH, Berlin 2011
- »Der falsche Präsident« von Albrecht Müller
  Westend Verlag, Frankfurt a. M. 2012

Kontakt zum Autor:

Website: www.schaduf-book.de

E-Mail: info@schaduf-book.de

Website: www.pyramidenbau-aegypten.de

E-Mail: info@pyramidenbau-aegypten.de

Website für Autoren, die ihr Buch im Internet präsentieren möchten:

www.schaduf-book.de

FSC
www.fsc.org

MIX

Papier aus ver-
antwortungsvollen
Quellen
Paper from
responsible sources

FSC® C105338